夜伐与虚构

雷平阳 著

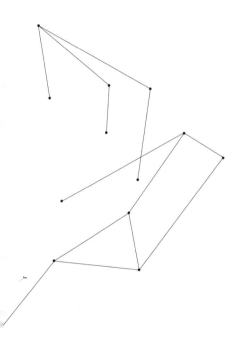

长江出版传媒
长江文艺出版社

图书在版编目（CIP）数据

夜伐与虚构 / 雷平阳著. -- 武汉：长江文艺出版
社，2024.1
ISBN 978-7-5702-3288-8

Ⅰ. ①夜… Ⅱ. ①雷… Ⅲ. ①诗集－中国－当代
Ⅳ. ①I227

中国国家版本馆 CIP 数据核字(2023)第 139571 号

夜伐与虚构
YEFA YU XUGOU

策划编辑：沉　河
责任编辑：王成晨　　　　　　　　责任校对：毛季慧
封面设计：祁泽娟　　　　　　　　责任印制：邱　莉　　王光兴

出版：长江出版传媒 | 长江文艺出版社

地址：武汉市雄楚大街 268 号　　　　邮编：430070
发行：长江文艺出版社
http://www.cjlap.com
印刷：湖北恒泰印务有限公司

开本：880 毫米×1230 毫米　　　1/32　　印张：6.375
版次：2024 年 1 月第 1 版　　　　2024 年 1 月第 1 次印刷
行数：4256 行

定价：58.00 元

雷平阳近照

又多加入点什么，反复权衡、度量、配伍和滋味，

默认后，这才用手大坨大坨地将它们从盆中抠起，

啪啪啪地拍入瓦缸，摆放到屋外空地上，日晒，

氧化，夜浸，直到——

此物激变成他物，众物剧变成一物。

刚才忘了一个细节（微动作）：新酱移至

瓦缸内，祖父会在顶上摊放一张阔大的白菜叶。

祖母的形象多少有点含混（火塘的光照的她好），像是

一张墙壁上贴着的女人画像，敞开衣襟（突然动力了），

把（去下人世）双乳哺育孩子。

五

父亲吃着"画中女人"的奶渐渐长大。让祖父

用肩头扛着他走近一棵白杨，双手抓住树枝，

也~~[涂改]~~ 已经在 他的心头扎根——近似于伟大的诗篇
仅限于成形的腹稿，悼念的反抗性 存在于 "有"
~~[涂改]~~ 和"没有"之间的 残酷 地带。"没有"的占比更大。

十三

母亲那时候在合作社的铁匠铺打杂：拉风箱，
搬运~~[涂改]~~ 给成品农具上油。对牵马人的印象
谈不上有多好，但外祖母一言九鼎——"就是他吧，
那个牵马走上河岸的孤儿。" 母亲手上拿着马掌，
咣的一声落到心头。没人是"我"，没人是"他"，
伸手去找马掌，没有找到。几个铁匠正联手锻打
铁桥的一截拱梁，找不到优美的弧度和精确的接点，迸出深红色。
样子扭曲为古怪的巨型铁肘，旺盛的生命力
——是的，母亲没有反对。给父亲钉马掌做帮手的她
沉闷的鼓声。
马肚子里也有个风箱，而人肚子里有~~[涂改]~~

和手印

雷平阳手稿

目　录

夜伐与虚构

一

我们原本不在这儿作息。
世界另有其哀沉的心脏，废墟中由一根床柱死死
压着。废墟的废墟可以追溯到造物主那双
木匠之手。
心脏的心脏则是同一坨肉。

祖父是个山水间针对性极强的小贩。
意即在规定的路线上，一个终身与负载物
谈论轻与空的游方僧。他的重中
之重：山河的庙墙高抵苍穹，但他不得入其门

躬身移至莲花座前。

信仰没有现实主义做依靠。临终忆旧，反复强调
——挑着一担沉重的盐巴，跟在军阀贩运鸦片的
长枪队背后："我就像躲在枪管里，没有土匪
敢朝盐巴上撒尿。"一如慧能

混迹在猎人队中证悟和避祸，自己其实
也是猎物，灵魂关进猎人的箭囊。

万念归于一念：穷途之上不能戴着猎物的面具。

二

后来：战争打了很多年。
能被叫作"祖父"的人——尽管同样被
另外的子弹一次次撂倒——那得蒙受多大的恩宠
才能得到这个名分。如同拣选。

种上庄稼或未曾开垦的沃土，被打死的祖父数量惊人。
他们还是愣头青，没有结婚，搂着纸扎的新娘，
长眠于斯。儿孙的数量不比我们少多少，
但遇上火焰，他们就忍不住凑上来点燃自己的脑袋。

化成沙。凝固成蚂蚁。臭虫。蚕蛹。蛇。
就像是一群人走进画中，画被烧毁后，
除了灰烬，还从火焰里跳出来许多我们熟知的生灵。

人与其他生灵之间形成对称，彼此调换角色
不是一件难事，前提是死亡一直被辜负，
而死者保持了语言上的沉默。

再后来：祖父——真实的祖父从四川泸州开始
向着南方跑，平时是走，这一次是跑。
丢掉团箩、扁担、花椒和棉裮，提着防身用的尖刀，
样子像一个追杀乌鸦的青年道士。道路的四面八方
战场上飞来具体的人体器官，并无完整的某个人。

幸运的是他听见了迦陵鸟的鸣叫。

乌蒙山气息与天空相通，
隐居云朵之上，一只迦陵鸟的妙音如同一个婴儿，
两个婴儿，三个婴儿……不断诞生。

他跑到家，父亲正好出世。现实中的一曲高空幻乐，
落到地上即是初啼的生命，让人只能相信奇迹的存在。
以及无的不存在。

三

光照要充足。用水得清亮。
靠近大路。距古老的聚落不能太远，但和新生的墓园
不可离得太近。无人指引风水，这四条
就是选择宅基地的四项法则。

买几十根原木做楼枕和房梁开支不菲。去石匠村
预订规整的条石做屋基，讲价钱时用尖刀

指着对方的鼻子算账，石匠抓起铁锤就想把他砸死。
取黏性土拓土基掺入了一个年头的稻草，
烧制青瓦他是用黄豆和玉米去抵换。

然后才是用石灰在地面画出房子宿命而又
简单的平面图。

——像木匠制作木舌榫楔入木孔，石匠把石头
凿出凹槽和凸埂让分离的众石扣在一块儿，
祖父把前期事项准备到位，仿佛组建房屋的各种材料，
在开工之前曾经虚构过一座房子，现在终于

来到非虚构的现场：让匠人们准确无误地把自己
放入这座房子的真实部位。

几天时间后，祖父的房子像疯狂但又资质平庸的
雕塑家用劣质材料为自己所塑的雕像，突然
出现在异乡人闻所未闻的一条河流的此岸。

他率领的青石、松木、土坯、青瓦，
没有一样可以用来隐喻不朽。
除了他内心认定的那份不朽。如同泡桐制作的供桌！

四

不远处：爬到柏树冠顶上看月亮的人
他们找到了飞升者成仙的道路，像一只只仙鹤，
扇动的翅膀把冰川一样的月光切割成雪花。
河岸上远征的枯草灰白。

水流灰白。

一片废墟曾经是一个个单独的个体，它们
或许是因为某个相同的原因统一倒掉。
——屋梁腐朽的速度惊人地相似——
幽灵的瞳孔在装满恐惧的戏剧情节之后再也无法关闭。
但也不是为了观看坐在枯井中看月亮的
现在的孤儿。

世界的孤儿。
他们叫喊："月亮升起来了！"疑似真有那么一支在暗光中
倒立着挺进的大军，头颅将地面撞击出星宿一样的深坑。
月亮的盈亏是他们判断善恶和脱离时间轨道的理由。
如同我们用过时的理论教育孩子，
并喜欢上了孩子饮用狼奶时发出的号叫。

不远处：夜晚的庙会刚刚启幕，

待售的物资堆积如山但又因为违背庙宇的清规而被
紧急封存。以待下一个失序的庙会。以待
下一个夜或夜一样的空间。

五

煤油灯顶多照亮三张脸，火塘的光则更像
真理，绛红，幽暗，在膝下顽固地带来温度，
从不摇曳，熄灭。

父亲小时候，所有的夜晚，因为乱世而确保父亲
尽收眼底：他在饭桌点了一盏灯，又在身边墙上
挂了一盏。土布青衫，衣领和袖口先破，接下来
才是肘部和面襟。赤手，黑脸上不时黏附着
细如星光的汗滴。坐在草墩上，只有双手在动，
腰统领着双肩、脖子、脑袋和面积巨大的背脊板块，
频繁前压又迅速退回。不时从旁边的簸箕中抓一把什么，
撒进胸前的木盆，或伸手去抓木瓢，舀水后，
又将木瓢放回水桶，发出沉闷和清脆混合的怪响。

他不再是挑夫，他在做酱：炒熟，磨面，捏团，
发酵，晒干，去除霉毛，粉碎，整道工序之后的黄豆，
已经面目全非，身份隐晦。堆在木盆里，
得由他用他的标准，按量加入川盐，加入辣椒、花椒
八角、茴香、草果、芝麻等散发浓烈气味的粉末，

最后用水将它们拌匀，成为棕红色的一大团黏糊糊的
糨糊。途中他不时用指尖挑一小坨递给舌头，
摇头品咂，发出吧嗒吧嗒或嗞嗞的唇音，
又多加入点什么，反复权衡量度、配伍和滋味。

默认后，这才用手大坨大坨地将它们从盆中抠起，
啪啪啪地拍入瓦缸，摆放到屋外空地上，日晒，
氧化，夜浸，直到——
此物激变成他物，众物剧变成一物。

新酱移至瓦缸内，
祖父会在顶上摊放一张阔大的白菜叶。

祖母的形象多少有点含混，火塘向上的光照中，她好像是
一张墙壁上贴着的女人画像，突然动了，敞开衣襟，
把双乳垂向人世，哺育孩子。

六

河水放下一块石碑。被苔藓紧裹着的文字
保留着錾碑人表里如一的傲慢。字在，
事情就还在，社戏中戏子就有理由敞开喉咙
一声断喝——这个戏我要
一唱再唱——"把清风当成敌人的人，
他们躲在戏台后面，命令戏子以舞蹈

或者大合唱的方式，和清风激战！"

碑文与戏文并无区别。什么事情
都很难分辨其现在和历史的面目。而且时光
能从文字中间退回去，古老的錾碑人则可以
从其他石头内破壁而出。
无论是出现在此时，还是出现在将来。

甚至出现在祖父的酱缸内。

七

父亲吃着画中女人的奶渐渐长大。有一天，他让祖父
用肩头扛着他走近一棵白杨，双手抓住树枝，
向上一撑，一提，双脚先是踏着祖父双肩，
继而去到两个树杈上。

身体一轻，一个人已经
从祖父的体内笔直地向上抽身而出。
祖父站在树脚，如同一件吸饱树脂后变得硬邦邦的
旧外套：油腻腻的，空掉，直挺挺地站在那儿，
等候捣毁了乌鸦巢的新主人尽快下来。

乌鸦巢四周散落的枯枝、粪粒、草筋、羽毛，
他想用它们重搭一个乌鸦巢，但没有动手。

逆风之鸟，其本意并非为了反向飞翔，是去上空，
扒开自己的羽毛寻找身体。身体还在，
才会凌空于现在上边，练习平衡遗忘与向往的法术。

像钢管舞女郎在膨胀的隐形钢管上上下翻飞。

八

祖母的记忆之缸，装了一次她没有参与，但又
通过她的想象得以完美无缺的旅行：某年早春，
某个黄道吉日，不对，是 3 月 3 日，
元宵节后的第一天。鸡刚开始叫鸣，兜底寺的钟声
还没敲响。祖父先起床，喊醒父亲，接过她递来的披毡
和干粮，打个卷，套在扁担上，一人挑起两缸酱，出了家。

去四川还是贵州？都不是。昆明。
老人只想带少年去省城，
见识世道。一阵黑风把敞开的两扇木门哐的一声
关得死死的——比人的动作更利索。

第一天，他们不是修路者，而是走路者，俩人都跑得快，
晚上睡在磐石上；第二天，少年
跑在前头，竹扁担一沉一起，弹性十足，
晚上他们在一棵核桃树下的磐石上睡觉，身边生了一堆

野火；

第三天，他们开始爬山，少年爬到山顶，

老人还在山腰。他们预先有过约定：谁也

不许回头找人，做一个守候的人比什么都重要。

晚上，他们住在房子那么大的磐石下，月亮

就在脚那头，少年靠着石壁呼呼大睡，

老人听见磐石之外的狼嚎；第四天，山中

起了大雾，就像是天上撒面粉，下坡路，爷儿俩

走上一段，马上站着不动，又走，又不动，

松树林里有翅膀声，有另外的挑夫迷路走散，

乱喊着人名。晚上，他们坐在路边的磐石上，靠着酱缸

"眯了一会儿"，似乎有人从身边提灯走过；

第五天，顺江往上游走，碰上几个非常友善的土匪，

不要他们的酱，还送他们鹌鹑和烧酒。晚上

老人喝醉了，他们住在土匪窝掏空的一块

磐石内，匪首是个女人，拉少年的手去擦她的泪水；

第六天，老人跑到了少年前头，雪山皑皑

遇上一小股行迹神秘的军队，领头人还把一本书

送给了少年。晚上，他们和几十个挑夫

挤在一间客马店里，臭味、鼾声、噩梦中的尖叫，

少年靠着墙角的磐石，整夜想着上一个夜晚；第七天，

他们头顶烈日，新的烈日，旧的烈日，高的烈日，

低的烈日，鸟儿的烈日，马的烈日，柏树的烈日，

真假难分的烈日，上坡下坡，老人几次

坐在路边，抽着烟袋，眯缝着小眼等待他的儿子。晚上，

他们睡在磐石后的草垛中；第八天，又见一支军队，

喊着口号，从他们身边风一样跑过。少年第一回

冲着老人怒吼，咒骂昆明是"一坨屎"。

"走吧！"在两边满是野桃花的官道上，

老人嘴里就吐出这两个字。晚上，

他们住在建在磐石上的村庄，几个女兵在瀑布下

给村民唱歌；第九天，老人生了善心，

他们留在那个村，卖掉了一缸酱。两个人去了饭馆，

一张沉重的石头餐桌被他们举过了头顶。晚上，

住在磐石边的小旅馆，少年睡床，老人

睡在地下；第十天，少年把一缸酱分到

两个缸里，经过大而可怕的旷野，别人的境界，

他在前面走，脚步是跳跃式的，频频转身，

朝着老人大声喊叫："嗨，您能追上我吗？"

晚上，他们到一户猎人家投宿，少年第一次

摸着了火药枪，吃到了老虎肉。晚上，

住在猎户的柴房，磐石上挂着的老虎皮又腥又臭。

老人告诉少年：到没有其他客人的地方做客，

我们都被当成了上宾，这不是生活的真相，

也许那头被猎杀的老虎才应该坐在

餐桌的主位上，我们其实是两只羔羊，一直坐在末位。

第十一天，上路就遇到一支空载的马帮，也去昆明，

把他们的酱缸搬上马驮子，他们一路跟在后面跑。

赶马人说——悍匪用阵亡者的遗体熬制枪油。

中午他们走进了昆明城，漫长的旅途完成了一半。

前往正义坊的途中，一座磐石改成的戏台挡住他们。换上
　　戏服，

挑着酱缸，老人和少年从戏台之东

不偏左右，去到戏台之西。"卖酱啰，卖酱啰……"

下台时，少年脚底一滑，两个酱缸摔成碎片

棕红色的酱，向着四周飞溅，弄脏了演员们的戏服。

晚上，他们住进正义坊没有磐石的客马店，

"一夜无话"。但一直提防贼，一举一动不敢有新生的
　　样式。

祖母省略了返程。她说：图案都是一样的，

很多东西没有正面和反面。

——但酱缸换成了团箩，酱换成了红糖。

下一次对相同的人说起这次旅行，

她反向开始讲述，祖父和父亲

就像是又一次离开了她，倒退着走路，或以为是，或以
　　为非，

担子里一路卖完的红糖，一扇一扇地又被收了回来

在正义坊客马店门前，变成最后一缸酱。都是棕红色。

她沉浸于真实的离开和想象中的后退，

有时还会把自己讲述者的身份安置在昆明正义坊，

错乱让她迷上了倍增的到达和不到达。
其中作为轴心的距离感也许
不一定产生于孤独，而是产生于简朴的生活信仰。

——她手心里的两个小木偶，不知是她求谁雕刻的。
即使手心没有两个小木偶，
她可以想象手心里有，正如想象
他们回归等于离开，反之亦然。而且回归与离开
每一次都是同时发生的，没有时空上的差别。

九

舌头如火焰显现。有人在故事中看见——
有一片云，人的手掌那么大，飘在两个人头上。
（随时准备拎住他们的头发转圈圈）
——还有人听出了弦外之音：狮子吼叫着游行，
到处寻找可吞噬的人，但它们被另外的人杀死，
他们甚至连一块衣角也没有被狮子的齿爪撕走。

戏台上的羊角号至今还在吹着，
大戏早就筹备得极其完善，
但跳到戏台上的人没有能力担起重责。
而且很少有人洞察——几乎所有的戏台下，
不曾显露的坟墓被装扮成一根根台柱。

在死人中寻找活人，
故事中的鸽子往往只显现它鸽子的形状。

十

父亲应该出场了，做一座房子的主角，直到
房子向内倒塌而他在封闭中死掉。
死亡是为了早一点看见世界的虚空。

观念不善待人：祖父的死告诫过他——怀疑循环与重复
是无用的，而且你得按照你所怀疑的东西的指令
一丝不苟去做事。

你所见过的人，没见过的人，
都在这么做。人人像长出脚杆的火焰，触物即毁，
哈哈大笑，自己则一边走，一边降低火焰的高度，
熄灭只是时间问题。

什么是燃烧的世界？

战争、思想、突围，
以及对宗教学的疑虑，一种冰川的运动，
壮阔，无法描述。
建一座房子，在房子里走动，把农具
挂到墙上，农具压脱铁钉掉了下来；什么人

把石头丢到了房顶上，妻子脸色赤红，
站在门外乱骂。夫妻之间的肉搏及其孩子的
破腔而出。也是燃烧。把肺腑烧成铜。

我们都是前来见证卑微的人，
而非自由的喘息者。像祖父以行动告诉邻人：
"庭有枇杷树，吾妻死之年所手植也，
今已亭亭如盖矣。"
卑微的原意很窄，只把进入自己子宫的
人和从自己子宫出来的人放在心头。
但它犹如祖母的内循环或是她瞎琢磨出来的新世界，
两者是对等的。墓碑下，没有谁能给人带路。

祖父和祖母均匿迹在睡眠之内，
梦中一块大磐石上，他们朝下跳。

白雾茫茫，父亲哭了两回——因为祖父和祖母不相信诗歌
应该从死亡之处开始写，写我们不知道的一切。
而乡村式写作，一直保持着从诞生写到死亡并以死亡
作为结论的传统。贴着人物写，止于人物。
止于"命运感"和"粗暴的铁环结构"。没有贴着天空写，
把住在天空里的神仙作为倾诉的对象。

祖母叮嘱父亲：两块墓碑至少要有一天路程的间隔。
而且她决定在梦中往磐石下跳的头天，叫父亲背着她，

去了一趟父亲的新居所。
让父亲把两个木偶中的一个，
放入两块挡石之间的夹缝。把祖父还给祖父。

但她没有把父亲还给父亲，父亲
也没有从她的手心里把自己拿出来。
她用三张棉纸，事先盖住脸庞
——她不想见谁。被褥叠得很整齐，
身上的衣服只有外面那件是新的，里面几件，
破旧却洗得一尘不染，散发着烈日的气味。

一双小脚的脚尖向上，紧挨在一块儿，鞋帮上
密密麻麻绣满了蔬菜、猪狗、鸡鸭、酱缸和各种农具，
及其锅碗瓢盆。左右各有一个人，一个端着碗吃饭，
另一个弯着腰，似乎在捡地上某种闪光的东西。
这与祖父"跳崖"后的遗像截然不同：祖父赤着脚，
没换衣服，身体趴着，头颅偏向我们这边，眼睛睁得很圆，
两个手掌是张开的，右手似乎还想去抓起
掉在床下的烟枪。
两只鞋子内塞了几根揉软后的稻草。
祖母当时用一床毯子把他盖住，毯子滑了下来，
又盖上，又滑下来。理性地看待死亡，我们做不到。

还有一件事，父亲也做不到：他私下想把
事先备下的两个棺椁，祖母的给祖父，祖父的

给祖母。因为尺寸不对，他在哑默一阵之后，从容不迫，

维持了原来的研判，没有对未来做任何改动。

毕竟他们顺从了生活又安静地顺从了死亡，没有"自我毁

　　灭"，

意味着他们的死亡具有清晨月亮落下时的美感。

谁能救他们的灵魂于这取死的身体呢？没有。

十一

死亡产生停顿，众所周知——时间

不配合将活体展开为"死亡形状"的

任何一个"父亲"。它只对"生的形状"保留

暂时性爱好，除非这个"父亲"笃信——看不见的，

才是永恒的——这样的价值观，它巨大的涡轮

也许才会按下暂停键。用鲜花装饰永恒的东西是它的职责。

当父亲穿着好像是用白色幕布做成的

孝服，在两块墓碑之间来回运转，以预言家的语调，

告诉旷野"我是孤儿!"时，时间撂下了他。他是司晨者，

同样是尚未发明的有生育功能的机器人，

血液温度高达上千度，金属的嗓门里安装着扩音器。

虚谎的内心，在河流到来之前，

安放着守墓人淘金的洗沙床。

困在思想里，如同
盲人在明亮的光团中摸黑向人传授失传已久的算命术。

他需要野蛮的纠偏，但邻居们认为他的心是金子做的。
甚至到了他也将入土之际，他还固执地认定自己没有
过错，是陌生人挤进了他一个人的旅程，
把他没有兴趣的羊排，硬塞进他的嘴巴，
逼迫他连骨带肉一起嚼碎下咽。

石块、旧纸、破布塞住墙体的一个个裂缝，坐在屋内，
还是可以听见风吹动云朵：天上人在夏天滚雪球，
开挖新河的农夫吐出的气息在头顶凝聚为棉花团。

青蛙——是密集的鼓声在黑暗中分头追查自己
不知去向的绿肉鼓。落叶是时间的书童。

栽电线杆的人掉进自己挖的坑洞，站立着发出鼾声。

父亲还听见旧河的水响，不是淙淙，不是哗哗，
是永远没有起源也没有结尾的一支草原狼大军，
一边互相撕咬，一边把一个"嗷"字拖为弧形的长调，

使之变成哀号，慌慌张张地缩着皮毛之躯向前挤。
马在啃马槽。白天的人走在子夜的路上，

每一脚都像是踩在了别人的头顶，
但双方都不吱声。

"快乐的人没有过去，不快乐的人，除了过去
一无所有。"这死亡铁路上的话，谁说的？理查德·弗兰
纳根。

一个父亲永远不会知道的"牴牛"——他在耄耋之年，
又来过昆明，站在樱花宾馆门口观赏外国游客，
黄头发，蓝眼睛，"男人像牴牛"
找不到更准确的语言表达吓人的观感。他们拉着他拍照，
没有给他照片。

他很气愤——他同样不晓得，
深藏在魔盒里的胶片于黑暗中显影定影的技法，
等于从墙缝中走出记忆深处的那个女匪首。

女匪首亲口告诉他：她不是寡妇，也不是女妖或杀人机器。
从她左眼角挂着的一颗玻璃种翡翠眼泪中
他看见了他，以及守护神傩面、豹皮和门闩。

十二

旧河两边堤岸斜坡上的杨树，苞芽
是幽红色的。

他把马拴在那儿嚼食干草，一个人吃力地
卸下了马车车床，移靠到山墙上。有两根横档炸裂
需要拆换，而双轮间的轴心得用腊猪皮
打一次油。木轱辘圆弧上的榫头多处凸出在外
不能用斧头去砍，要用利刃耐心地削。

马车的某个部件，
有了人的魂魄，他有点不安，但也觉得没那么可怕。
父亲的工作：在两个相距很远的地点之间
驱马往返，村庄不一定是中心。

从几十公里外的
石厂把石头运往几十公里外的水库，又从水库
将用剩下的木料运往几十公里外的煤矿……
马匹、马车和他均是公器，三位一体却是三个
方向相同的个体，地位是平等的——像一个脖颈上
长出三颗无差别但又各自独立的脑袋。三个物，
同做一个梦，令人短暂地惊喜但痛感不会消失。
荒诞得如同偏执狂手上握着的、包浆的、
用马头骨雕刻而成的指南针。指北针。

运输石头和木料，父亲想到了
祖父一生唯一讲过的神话：有一个人手上挥舞鞭子，
赶着世上所有的山峰在大地上漫游，就像牧人和羊羔。

然后，他坐在车辕上睡着了，很沉，
马把一车石佛分解的条石和他，拉到了祖父的坟头。

十三

附近：干旱。几个村庄的人在地界内，
点燃焦枯的作物，坐在白灰上望天，不敢哭求——

眼泪得用来解渴。僵硬的面部线条和直勾勾的目光，
就像是铁盾从后面被毒箭射穿，斜放在雪地。
传说中的几亿立方指标性流水，从某座水库出发，
前往异地，即将从新河流过。几百座雕塑站了起来，

以跑步者的姿势来到干涸的河床，自觉倒下，
用雕塑作品垒起一座拦河大坝。

水来了，像婴儿的笑脸，
但只有200立方左右，是一亩稻田的用量而且转眼之间
就被河床吞掉。雕塑终于与人体重聚，一切都在无可挽
　　回中
瘫软下来——我们的雕塑不再梦想中途夺取

别人的雕塑梦想中的激流。嫉妒、反对、玩命式的拦截，
已经发生，却是一次低效的演示，没有引出罪与罚，

也没有从虚空中取回让他们变得坚硬无比的一碗银河水。

"一切"如同我们的观念出了问题，在借雕塑作品呈现
人性之悲，而事实无非是荒野上的一座雕塑内部安装了
投影仪——有一个个与之外形一致的小矮人幻影，
从雕塑内没完没了地跑出来。

然后在河床上跌倒。

十四

附近：踩影子的游戏刚刚开始。
孩子们根据好恶分成两派：一派是幽灵，
另一派是寻找幽灵的人。
当"幽灵"躲进隐秘的厕所、土坑、树上和草丛，
"寻找幽灵的人"喊着具体人的外号（他们
有着数不清的外号）开始寻找。
月光让人们产生幻觉，
觉得自己置身在碎玻璃堆中——制造光的场所——被找到
　的幽灵，
人们将他团团围住，轮流上去用脚狠狠地
踩他的影子。
别人踩他一脚，他就得嗷嗷大叫。就像是人们
真的往他身上砸铁锤，他身上的玻璃破碎后又反刺进
他们的肌肉。

"嗷——"之叫也像是磐石后的狼嚎，

什么地方疼痛唯有狼知道，而孩子们乐于做一个个

"狼崽子"，叫声的弧度抬得更高，高度下降时来得更陡，

尾音拖得更长。有的幽灵藏得太深，忍受不住

"找不到"的煎熬，自己从黑暗中跳出来接受惩罚，

或者以幽灵的身份回家睡觉。

游戏中止，次夜再进行，

"幽灵"摇身一变，成了"寻找幽灵的人"。

十五

附近：两个人用铁链抬着一根燃烧的房梁，

另外两个人抬着燃烧的巨匾，一共四个人，在冬夜

凛冽的冷风中取暖，照明，赶路。他们同时开口说话，

语言压制语言，挡回别人的责令和劝告。

或统一沉默，脖子硬挺挺地扭向四个方位，一个团体

但互相敌对。每个他都想做另外三个他"灵魂的祖父"。

语言的工具属性如四把短刀，没有交锋——就等

抬高的火焰完成对房梁与巨匾的审判。

烟尘、灰烬、火星子一路散开，那场域仿佛没有逻辑的

想象之象，有信仰，有伐异，是我们的知识起点却又

容易引起反复的误解。注脚多于正文，而且注脚

将会形成繁杂、庞大的考据迷楼。他们很别扭地一闪而过，

路基内激越的鼓声则经久不灭如同埋着一支鼓队。

事物逼迫人们歪曲它，人们不置可否。

水边，有人正在把一件衣服，

当成具体的人，扔入黑色的波涛。

十六

附近：村庄被一支影子队伍围住。

魔法师提着两柄木剑去抵抗，劈，掠，

刺，挑，动作老迈僵硬，似枯树腾挪，展开枝条，

累得气喘如牛。而且碎断的影子在他眼皮底下

马上复活，一个变成数个，挺身扑向他的剑锋。

他发现是他在制造更多的敌人，

自己赢不下这场战争，只会让战争规模和恐惧的面积

快速扩大，失控。

他斜拖木剑，身体的圆柱体缓缓旋转，

形成一个个圆圈，木剑也同时在地上画出一串互相

缠绕的圆圈——像面对飓风反向撑开的黑伞那样

往后退。无法投降，也无力战斗。

整场战争分明是在悼念

某种抽象的圆形物体。一只信鸽始终在他头顶模仿他。

即使他宽恕影子并向它们妥协，沉痛的绝望，

也已经在他的心头扎根——近似于伟大的诗篇

仅限于未成形的腹稿。

悼念的反抗性存在于"有"
和"没有"之间的残酷地带。
"没有"的占比更大。

十七

母亲那时候在合作社的铁匠铺打杂：拉风箱，
搬运铜头和铁手印，给成品农具上油。对赶马人的印象
谈不上有多好，但外祖母一言九鼎——"就是他啦，
那个牵马走上河岸的孤儿。"
母亲手上拿着的马掌，
咣的一声落到心头。

几个铁匠正在联手锻打
铁桥的一截拱梁，找不到优美的弧度和精确的接点，
样子扭曲为古怪的巨型铁肘，旺盛的生命力泛出深红色。
——是的，母亲没有反对。给父亲钉马掌做帮手时她听见，
马肚子里也有个风箱，而人肚子里有沉闷的鼓声。

(薛霸腰里解下索子来，把林冲连手带脚和枷
紧紧地绑在树上。同董超两个跳将起来，拿起水火棍，
看着林冲说道："不是俺要结果你，自是前日来时，
有那陆虞候传着高太尉钧旨，教我两个到这里

结果你，立等金印回去回话。便多走几日，也是死数，
只今日就这里，倒作成我两个回去快些。休得
要怨我弟兄两个，只是上司差遣，不由自已。
你须精细着：明年今日是你周年。我等
已限定日期，亦要早回话。"
林冲见说，泪如雨下，便道："上下，我与你二位
往日无仇，近日无冤，你二位如何救得小人，生死不忘。"
董超道："说甚么闲话？救你不得。"薛霸便提起水火棍来，
望着林冲脑袋上劈将来，可怜豪杰束手就死。）

铁匠铺对面的石凳上，瞎子拉着二胡讲《水浒传》，
到了第七回，鲁智深还没跳出来，停了二胡，
不再往下讲。眼前没有听众。

时间的对面：金圣叹和周作人在瞎子旁边肃立，
继而在后墙上铺开旧纸。
金圣叹批注："临死求救，
谓之闲话，为之绝倒。"周作人则感叹："闲话这一句，
真是绝世妙文，被害的向凶手
乞命，在对面看来岂不是最可笑的废话？"

寂静：铁匠铺击铁高音中片刻的寂静，使寂静
有了铁的硬度和在锤击中变形的本能。

铁匠之一是个戏剧学家，幻想能用手中铁锤和砧打造

一件老旦的戏服。能相信眼前所见吗？他不确定。
为迷茫的金属寻找方向——他所了解的戏剧史，
受造之物总是质疑造他的人："你为什么要把我
造成这个具体的模样？"刀长着一副杀人的模样，
也长着必然被熔毁的模样。

而不少铁铸的戏台
经不起铁锤轻轻一击。铁匠永远无权用一块铁，
打造心属之物并安放在亘古常在者面前。
有什么"闲话"要说呢？

当本该砸在铁桥拱梁上的铁锤，
砸在自己腿上，他担心自己是诈伤，什么个体声音
也没迸发——自己的声音在那一刻是低俗的。违规的。
"还好吧？"母亲扭头问他，他面带微笑。

他们对话的情形，投射在父亲的马眼睛内——
新生的瘸子，后来一直在铁打的东西中翻找他肌肉中
骨头的碎片：神示之下万物都有互相效力的职责，
但他低估了铁的力量，所有的铁器拒绝把他的断骨
还给他。

死结：他又将想象中那件铁打的戏服打制为
一根根完美的细小股骨，作为玩具分发给村庄的儿童。

死结：他认为股骨玩具必会与消失的股骨会合。

如复活者的形状出现在众人之壳，生灵却徘徊于旷野。

十八

父亲抱着马的右前蹄，往马掌上钉最后一颗铁钉。

母亲左手攥死马嚼子，右手抓住马的耳翼

嘴巴凑到马的耳郭，轻声独白："房子，我想要一座新的！"

这匹喑哑之马突然挣脱两人之手，前身腾空，仰首嘶鸣。

他们为自己所难掌控的生活设定目标，父亲也不反对

——在新居所的旁边建一间耳房供瘸子居住，

用添加的空间容纳异乡人，慈善的风险

存乎于慈善的脆弱性和耐受力。

他们以为在某些时辰，

他们是坚固的：没人会阻止瘸子将一把斧头锻打成心脏。

十九

——重复永远不变的责任——

父亲决定把祖父建造的房子，照着原样，在原地，

重建一座。

新石头换掉旧石头。新木料换掉旧木料。

新土换掉旧土。新门换掉旧门。"新换"换掉"旧换"。

某个午后，土地神向他伸出援手，

他赶着马车在新河河堤拉运污泥，一场

剧烈但面积局限于半亩地内的地震，用灵巧的巨手，

将他的房子撕成了一堆土豆，用时一秒钟。

没人能阐释，因为什么，发生了什么。

听见有人大声喊他，告诉他地震结果，他卸下马车，

骑马奔至废墟，黑洞之上的旋涡已然凝固。

马毛竖立。父亲的脸在人脸、狮脸、

马脸和鹰脸之间转换。似有一把快刀割着他的头发，

有几绺被火点燃，有几绺被刀剁碎，有几绺被风吹走。

乡村邮差骑着绿单车，沿废墟绕行，看了

父亲一眼，吹着口哨，朝着落日骑行——村庄里没有

什么特别来信：几个离义犯罪的囚徒会偶尔

寄张纸条回来，向家人索要御寒的衣物或食物。

"他们"就像是葬身于废墟的人影子，在监狱中

学会绣花，也会给家人邮寄绣有"春天来了"字样的
　　鞋垫。

顺便索要彩线和铁针。生锈的钱币和酱。

有人唱着哀歌走过："墙要倒塌，必有暴雨漫过。

大冰雹啊，你们要降下，狂风也要吹裂这墙。"

他硬着颈项接受。一如艾希曼

硬着颈项接受迟到的庭审。

一座房子倒塌了——按照他的意愿倒塌

——就再建一座。慰藉他的人在馈赠中

加入了更多的毁灭与惩罚。他们比谁都清楚：拍摄

人体照片，X 射线照片可以抵达他肋骨上的荆棘。

二十

青蛙的沉默：让身体从叫声中跳出。

像祖母在玻璃碎片上抟面一样搓揉着它圆鼓鼓的

身体。血没有出处但有一只只沾染了血迹的手掌忿怒张开。

在叫声出现之前和扩散之后，

身体如同一个等候锤击的铁砧，阿谀者和失落者

两种双关的神态，在地面上交替，固化。如此逼真。

二十一

马用蹄子刨开断梁和泥石，

嘴巴叼起蒙尘小木偶，递给他。小木偶的颈项和额头，

分布着石头撞击它们时留下的小坑。

关于戏剧学的演讲持续到深夜。第二夜，第十三夜。

至铁匠铺在闪电下化成灰烬为止。不对，

铁匠铺不会化成灰烬！戏剧学家用一把扫帚就能

将闪电的废墟清理干净：扫掉灰尘，铁器无非

多过了一次火，还在那儿——火焰升高时它们在下沉。

也不对，它们一动不动，没有下沉。

没有在火温最高时在火焰底下，

向闪电写信请求宽恕。

戏剧学家的观点已然交付给逝去之火，但对他

（包括母亲）而言，从嘴巴里说出的辞藻，即便像烈火

　一样

喷射出来，天空也不应该发怒。

——"戏剧的意义之一就是在你幻想死亡的时候，

让人将你一刀捅掉，然后通过其他剧情告诉人们，

你对死亡有什么看法。譬如让你的灵魂

从你身上离开，化成飞蛾，看着你被火焰无端掳走！"

譬如：让一场地震只针对一间房子发生。

赶在你的前面，以你隐秘愿望的名义将你推到自己的

对立面，让你获得哀伤的借口并由此为生活贴上

悲剧的标签。你原本是独幕喜剧的主角，

但你必须成为辽阔悲剧中的小角色。

而且事情变得很花哨——当他在祭祀的傩舞队中，

胡乱抓了张狂喜鬼面具套在头上，从此父亲

有了两个名分：他既是面具的代言人，

他也是狂喜鬼后面真实的他。

月亮的香气弥漫。在紧急调运盐巴、煤油、农药的晚上，

他戴着面具穿过了乱葬岗、鬼集市、旧河道、空村、

不洁的十字路口和受诅咒的山丘。

月亮的香气弥漫。月亮的香气弥漫。

他得到的安全感、虚荣；他能看见的他的异教徒丰姿；

他额坚心硬的另一面，多像暴动中排头的巨人！

父亲在往生前曾经与我有过

一次神聊。死人与活人之间的界限被取缔，

交织在一块儿，创造出一个个啼笑皆非的故事。故事核心

却很低俗：女人喜欢与死人发生性行为并怀孕。

床榻前蜡烛的火苗双面刀锋一样直立，

有时也摇曳一下，向着离开的人影弯曲。

二十二

外祖母每次说话都有前缀："那——那，

那——那。"那一年。那些人。那件事。

话题特指以前，没有此时和未知——把声音伸进忘川，

拿出事件，又把时间合起来。仿佛从海里取出沉帆，

又把海水合拢。她的记忆中，那——那——那一年，

父亲和母亲结婚的新房是公家的马厩。婚床

安插在拴马柱和石凿马槽背后，漆黑，湿冷，

浓重的马尿气味有愚民倾向，但又暗示了人性的解放。
某种肉欲的腥臊和直白，令人亢奋也令人
自卑。未必是他们发现的自卑。它一直被深埋，
或被粉饰为野兽和畜生的贵族属性。譬如
把菩提树枝当成烧柴同时又在烧柴上镶满水苍玉。

外祖母记忆力惊人，从遗忘中她还净化到
一个细节：戏剧学家坐在马厩旁的小枣树下唱歌，
他们夫妻俩则在合力捕捉床底一条赤红的大蛇。
大蛇嘶嘶嘶的叫声，
就像有双手在它腹中撕碎地契和白象。
夜，有大雪，一只只狗从不同的屋檐会集到干涸的池塘，
没有缘起，仰着头像接受了指令，开始吠叫。仿佛
池塘的底部正在缓缓下沉而它们不想垂直落入深渊，
而它们——同样不想在短暂的沉沦之后马上
跳回地面。得多坚持一会儿，至少一夜，至少一个冬天。
至少狗的一生。何况在一生完结之日，它们终将被扔进
这个该死的池塘，尖锐的牙齿、恶狠狠的吠叫，都会变得
没有痕迹和意义。现在，此刻，当它们顶着漫天飞舞的
　　雪花，
吠叫一会儿，就一会儿，它们的心、狗的心，至少
还能朝着喉咙往上提，四个爪子还能死死蹬踏着泥巴，

两束目光还能跟着吠叫声弯弯曲曲爬上白色的夜幕。

"吃着死人肉了。"母亲骂狗。
父亲说:"不是,它们在啃活人的骨头。"

父亲本来想回答:是的,狗在唱歌,会唱到天亮。
而母亲本来想问:是狗在唱歌吗?
——黑暗中的对话,稍不留神,语言就会触及事物的本质。
人就会恢复疼痛感,变得没有耐心。

二十三

雪花降临松树林——那个冬天雪花
代表了天空的形状和方向——与松树形成四十五度斜角,
坡面、动感、圣洁,所有元素来到端极只是为了
强调:在万物的斜坡之上存在着一座让天空
为之倾斜的斜坡。风还没有到来,松枝折断纯粹是因为
它们在折断之际才知道,雪花也有磐石的重量,
也有刀斧厚钝但异常凶狠的锋刃。
"不要怕,我们得等到天黑之后才动手!"
匍匐在一块磐石背阴的壁面下,嘴巴咀嚼着伸到唇边的
枯草茎秆,一群人遵照父亲指示,把刀斧、抓钉、皮绳,
暂时放到草上,翻过身,结跏趺坐,看着几米外的
落雪,像几十个被瀑布罩住的罗汉向外观瀑。

向外观看一个巨大的白布口袋。

向外观看一条越逼越近的白色防线。

一只鹰背着积雪滑翔，像冲浪运动员笔直地升起，

又笔直地消失在迎面扑来的白浪。

叫声的回音与铁锤击碎铜钟发出的响声相仿，已无动机，

同属于"最后一种声音"。时间差产生不改变的空白，

而叫声与寂静之间的强烈反差则产生惶恐。

如此陡峭，但又混沌如谜。

他们在午夜提起斧头。内心受制于盗伐，他们恨不得用
    棉袄

将斧口包住——叮，叮，叮，每一斧下去，就像是在砍

自己的腓骨。"这样不行！"父亲猫着腰，逐一对着刀斧
    手的

耳朵，小声下令："一定要玩命式地砍伐，但几十把斧头，

必须统一上抢，又统一砍下，只能发出一个声响！"

他手上拿着一根松枝，向上一扬——几十把斧头抬起来，

向下一掠——几十把斧头剁进松树，几十等于一。

护林员的房子伫立在"风雪丫口"，马灯一直黄亮

步枪斜靠在门边。但两个神枪手已经喝醉，

突然刮起来的大风让任何异响和异动丧失方位，

难以定性。虚白的世上即使真有一把斧头在疯狂地盗伐，

他们也会觉得那是雪崩或滚石击中了松树。
谁也不会命令两个醉鬼把子弹推进枪膛。

两个神枪手在做梦：手上牵着猛虎，
前往对方的梦境，边界上，对方的梦里伸出来一根黑幽幽
　　的枪管。
漫长的对峙把他俩困围在了梦境中。

死亡也满足不了他们冒犯的欲念。

——包括他：我的父亲。他同样像是以祖父身份
进入了自己的梦境，他安排他给倒下的松树修除枝条，
截去冠盖，钉牢抓钉，皮绳系成死结，然后
让沉默的帮手将它们分批运走，撤离现场。
开始于也终结于虚无的偷运之路乍现乍灭，他安排他
作为运走最后一棵松树的人，无形之中让整个事件
具有秩序感

盗伐时树上雪塔倾覆而下的景象，
松树轰然倒下时的气浪和雪尘飞扬的场面。后来，
父亲怀着古怪的念头多次重访盗伐现场，坐在树桩上抽烟，
都会一次次反刍，为之像梦游症患者那样尖叫。狂喜。

几十个树桩，
被神枪手用油漆涂成血红。

上面放着弹壳。弹头留在了虚拟的敌人那儿。

父亲把一枚弹壳凑到唇齿间，

吹出呜呜呜的声音。

他相信——在拖着松树回村途中，落入壕沟，卡在磐石，

被冰块绊翻，每一次他都遭到了枪杀，

身上有几十个隐形的弹洞。

但当他连人带树滑入水库时，那个伸出长长的斧柄，

向他施以援手的黑影，看身形又分明是护林员中的一个。

他无法确认。藏进黑暗的脸额遮住了真相。

二十四

戏剧学家终于用伐松的斧子打制了一件

老旦的戏服，竖放在风箱旁边。说书人问他——

为什么里面不放一个人？他说人没有戏服这么有价值。

而且如果用斧子打制一个人，他的想象力只能

抵达骷髅的形状，找不到理想的人形。

哦，老旦的戏服中有一对死亡母亲的乳房，

乳汁像自来水一样淋在我们的头上。

通过一件戏服间接认识戏剧学，说书人

把说书地点改到旧河河床。流沙与幻水托举着他的

小木凳。过于宽松的绿衣服和瘦黑的二胡，

如同独立在他之外的一个装置作品。

沙脊在烈光下蛇一样蠕动，变形，消散。进入风中的

沙子或枯叶则清除了河床的概念，但又以风和虚空为河流，
不受任何一种岸的挟持和保守，空怀流水的抱负，
在虚与实之间自我搓捻，成为齑粉，成为光尘。

石头是从道路两旁捡回来的：菩萨的鼻梁、石狮的
腿、牌坊的柱脚、古亭的碑刻、书院的石栏。父亲
要建的房子仿佛是大地尽头的一座礼堂，或博物馆。
把它们会聚在一起时，破损的断面闪耀着锋利的触角，
青苔从里面向外生长，犹如青蛙缓缓爬出。

犹如青蛙拖着石头，
从幽暗的深处爬到事物表层。
而退路已经被炸毁或封锁。

而父亲在挖屋基。他将原来的屋基刨掉，再深一点，
再稳固一点，否决源于时间和教育。锄头挖击石头，
主观的强硬与客观的坚硬组成单一动作，又由乏味的重复，
组成一次颠覆：声音刺耳，火星之蝶、之光、之快速闪灭，
连同寒土、蜈蚣、湿冷的地雾，在他身边——以他
裸露的上身为主体——拼凑成一个用反某物的恶行
铲除某物而又最终投靠某物的暴力团队。

一场不属于任何个体的革命，但都身在其中。
谁都可能错过并自觉地葬送自己。

父亲和祖父互相嵌入对方。我是父亲，我是
儿子；我是后者，我是前辈；我是他，他是我。
说话的声音、腔调没有差别，即使后来人不再
重复前人，背叛与解放激发了新生，两个人
还是被套在一个枷锁。父亲从屋基中挖出一堆
理论上不存在的枯骨，或仅会存在于理论中的枯骨，
脸色大变，问空气中的祖父："它们是你吗?"

祖父回答："它们是你!"自己的枯骨出现在手上，
"哦，原来是我。"
他好一会儿回不过神来——结论没有什么问题——但结论
挣脱了时间的缰绳。他一边喃喃自语，"我杀了自己"，
一边把它们随手放进倾斜、单纯的马槽。

二十五

世界来到这座房屋中。
落成的那天，主人收到
以下礼物：几十匹红布。印着红喜字的镜子。脸盆。
铫锅。腊肉。鸡蛋。箴言集。口缸。飞毯。黄豆。木桌。
皮鞭。酱缸，白鹅。红糖和几条小狗。

有人还送了梭镖、几张报纸和两棵松树。
(三种礼物都是偷来的，在救赎史上别有奥义。)

房屋本来配不上这种礼节，

附着在遗忘表面的物质也远比房屋轻佻，不值得高看。

振聋发聩的鼓声中，生活把低级的喜悦让渡给

人众，以便让日常生活等于宗教生活。

山墙的阴影中，喝醉的人，四肢杵地剧呕，

像几匹马，脖颈垂地，对着下面嘶吼。

青蛙乒乓四散，蚯蚓的九颗心脏同时启用。

旧河洪水暴涨，波涛上漂着的独木桥直通幽冥。

新河的狂浪高举着河床，就像是铁打的人类

用手臂将黑布举过头顶，哐啷哐啷地前行，

深渊存在于它没有以前和没有以后的两端。

鸽子在空中清点着虚构的人数。

二十六

父亲在老死以前，不远处，附近，历史用含糊的语词

忘掉了冗繁的个体事故，以及这些事故编织而成的电网。

我尝试着以今年或往年的语言像描述前往昆明朝圣那样

去描述他弥留之际的眼神，没有成功。

那一瞬接一瞬的裂变，长时间的木然或此刻对前一刻的
　　否决，

不在我们的语言所能抵达的范畴之内。他想开口说话，

却连"我"字也不再配合他的舌头，舌头上与喉咙中，

已经没有文字。母亲和马，两座相隔一天路程的坟墓，

我们，存在于风景中，正接受着清风的盘问。

那座房子还站立着。

"谁想守护着它？"譬如守护断桥的一个桥墩？

忘川上驶来一条小船，走下来的是几个不说话的人物。

——即使他们把小船靠在山墙上，成为房子的主人，

沉默，沉默激怒的时间，乃至无语者天生的敌对的假象，

也会让父亲的在天之灵惶恐不安。

也会让我们不知道该用什么文字去阐释它的象征性。

房子如此坚固，而我们

转瞬就变成你们，或者他们。它们。

而身体下的磐石只会在另外的空间行使船的特权。

黄　昏

黄昏时，近距离观看白鹭
悠然打开翅膀
从身前低飞而去，身体一浮
一疼，一空：分明是自己白天的灵魂
飞走了。同时，在白鹭飞走的那儿
突然出现一个迎面走来的人
落日的光照着他，看不清面孔
像一团光有了人形，越走越近
两个人影碰头时
身体一震，一沉，一收
分明是自己夜晚的灵魂回来了

薄荷地的黄昏

太阳沉了下去
还把几根光柱伸入蓝空
地里，三个农妇
用铁桶从石井中打水，提往残光
与薄荷分界线，哗啦啦
倒出三张声音的光片
沁人心脾的薄荷香笼罩四野
局部的苍茫：一种新创的宗教
在石井中的河流上弥漫
一头拴在柳树上的羊羔咩咩叫唤
像是欢唱的虫子乐队从灰暗中唯一
来到舞台上的领唱者，但声音
受到了青蛙猛烈的排挤。而它
也不适应这新教区神甫一样的角色
转动着头，双目在声音里搜寻
又望向声音的背后，心惊肉跳
等那个把它固定于此的人
快一点到来。三个农妇已经
停止提水，坐在离羊羔几米远的
草堆边，分明是三个
黑不辨形的巫婆，用形容词高声

谈论着魔鬼丈夫鲁莽的法术

和缺陷，听得出来——她们的

浪笑声中浮动着三张知足

但又花里胡哨的脸盘子

月亮还没升起，微白的水泥路只有

几丈长，不时有摩托车担负着急吼吼的使命

明光直射，从黑暗的一端咆哮而出

又扑向另一端，紧擦着世界的两堵黑墙

一闪而过。车灯里惊现的薄荷

叶片像是密密麻麻的昆虫的笑脸

但转瞬又不笑了。薄荷地的几个尽头

有人吹口哨，有人在喊人

声音即是人的本身……

我看不出这是黑暗前来

为光明的时间收场

而是万物以自己的方式向我宣布

——黑暗降临在薄荷地上

水边断树

水天之间原本有
一处空白。
一棵被风折断的喜树，
严丝合缝地占据了它。

为什么空白恰好是喜树折断后的
形状和尺寸？
为什么喜树可以毫无偏差地倒入空白？

空白一再证实我们的无知。
遑论谁会静静地体味断树呼啸着
砸进空白，带动空白
发出的持久震颤。

空谈带来不切题的抗辩与远景，
人们浸泡在自己想象的光破冰而成的
温水池内。感觉上的真实，
将人反复送上断头台。

而站在断口上也站在空白外面的
那只鸟儿，头缩进脖子，

折断的翅膀耷拉在它的和喜树的
混为一体的皮筋上。少量的血
还在滴入空白，于眩晕中前往空中之巢。

它是沉默、孤立的形容词，
值得凝神领悟，但被人忽视了。
准确无误的倒下与鲸吞并非自然之象，
可洞悉自己也死于空白
而且同样准确无误的人非常稀罕。
陡峭、紧张的填纳关系将
永存于我们与空白之间。

当我们在无限的空白中找到
墓穴，更加辽阔的剩余空间内
或许我们可以把星宿改建为
悬停的幼儿园，替风暴哺育孩子？
——想象力已经毫无法度，
悲观令人无心祷告也无心叛逃。

木偶之死

小镇上，一个人幻想着
要用自己的手段杀死自己。他服下
从前毒害别人的毒药——死之前
又用解药自救。他把爱作为
让自己割喉的利刃——牧羊姑娘榨干
他虚无的财产后离开了小镇
他行走在羊羔骨铺成的山路上
他捕杀湖中白天鹅，在堆满
鹅毛的床榻给自己下网扣
但不致命。随着死亡的
缩小，选择的余地越来越窄。但单独
看到的事物不是事物本身，他相信
自己具有独立拉动世界的蛮力。把头
伸进他勒死过狗的皮绳套
又把皮绳换成屋顶垂下的白光
换成闪电，换成流水
然后在空中寻找固定的铁钉
他陷入了绝境——所有的事都仿佛
别人操纵的消遣性游戏，而他
像个天生的木偶，却让现实的木偶
硬生生地变成他本人。事情因此

剩下的悬念又回到开头：如果
某次他真的一死了之
而木偶又不能死，我们要不
要在小镇上另找一个会哭的木偶

秋天的向日葵

统一的不可一世之美
曾在天空的天空上旋转绽放
曾在天空的天空中引导万物
曾在天空的天空下成为美好灵魂的象征

我在黄昏骑车经过那儿
——暗红的天幕下
被放弃的向日葵高出众草
颜色变黑，茎秆、叶片和饼
样子如异常的生铁。尖锐，暴戾
颓废，却又焦脆得一触即碎
如一个个火中抢回的无意义的
遗物：美和它的时间及审美运动
带走了花的奇迹，只剩下支撑美的
废旧的冷兵器和丑陋的幽灵

向日葵地的尽头，立着柳树
柏树和杨树。夕照下
一辆辆暮归的摩托正驶入金灿灿的村庄
人们做饭，访友，喝酒，唱花灯
在自己的屋檐下赶一场场庙会

世俗之美浸透了每根天线

每条小巷和每堵墙

我停在一个土丘，虚与实之间

发现自己两边都靠不着

而且两边都不足以用美说服我

生活的生活之上

生活的生活之中

生活的生活之下

我都不在，而在生活之外

有被弃的沉默，拒绝的悲愤

内心的真理之轴已然越磨越细

如这根插在地上不知何用的铁丝

风一吹，惶然地发出阵阵剧烈的震颤

——我不知道是什么在疼

只能说是灵魂

野草丛

田野上到处都是
鬼针草、白茅、苦艾
比人还高。秋风令它们变得枯白
瘦黑，只有少数还没有
把绿色丢完。一起等
有人来把心里的火光
移到同伴身上。生与死早就形成
难解难分的格局，火的源头
可以追溯到根，追溯到
佛陀赋予它们的火焰的外形
也许这就是它们与人
相同的地方：自我的毁灭
从心开始，但又不由自己控制
而且不存在单独的毁灭。有时候
正午或者傍晚，秋风沉静
部分草尖左右摇摆，有人回到草丛
可她的衣服颜色与草色一样
走近后，才能看见挂满草屑的
干巴巴的背影——她像路标那样行进
身后之路其实是草秆侧身让出
马上又合拢的一条缝

她一手握着镰刀
一手拿着红塑料袋
袋子里装着拳头大的一饼黑色
向日葵，乍看像颗猫头
人们认定她在寻找丈夫的
坟墓——她会趴在长满坟堆的白茅草上
假装睡觉，耳朵却仔细聆听地下
有什么异动。她没有
按照人们的设想去做
而是踩着蟒蛇背脊歪歪扭扭地
朝着人们藏身之处走来
——她没有看见人，但她知道
没有高过野草的人全在草丛里

天色已晚

路上的人此刻相互
带着敌意。谁也不跟脸上
无光之人结伴致远
——即使对方是耶稣或
乔达摩·悉达多，即使对方是父亲
一前一后在沉默中越走越黑
相信魔鬼的人肯定多于看见神迹的人
相信死亡的人肯定多于探求永生的人
用心护命不是什么过错，现实的
危险，远比理想国里的危险
更能扑灭理想的微光
知识均以古老和永恒著名
但它们的信徒每天都得为保全未来
而争夺黑夜里走上歧途的旅客
这无异于战争，没有尽头。无知的冒犯
因此合情合理，反而审判论
在犯罪现场像是一种无力的恫吓
天色已晚，路面上浮起一条条河流
——虚实之间本无质变，明明是
一种幻觉，意外地找到了道路的
真实身份——逃生的人走的路

从来都是水路。我没有逃生的想法
我是在逃生的黑影中寻找父亲
一个没有信仰的人
他走失在有信仰的人群里

小王国

推土机留下的两个土堆
四周积起玻璃那么厚的
一层薄水。杂草很快就长出来
布局和长短疏密有致
用心之美源于自生自灭的理论
只要我们清除记忆中的湖山景象
目光只看它们，不要越过边界
像巨人把捧在手上的盆景
当成无法进入的国度
眼前的世界就是仙境
两山沉浮于倒映的云海，云朵
长出青草。孤单的鸟用两个身体
飞行或啄食。一只青蛙在水底走路
以为潜得很深但绿色的脊背
露在外面，背后拖着
泥尘涸散的水波。另一只青蛙
蹲在土堆上鼓腹叫喊，颇像
生活在孤峰的人向天空敬献明亮的声音
我每天都会沉迷于类似的
小王国，它们由不同的物质组建
有大异其趣的存在感，随处可见同时又

隐匿于不见，转眼即灭

当巨人——野外作业的满身散发着

汽油味的工人——穿着水靴

从水面上哐啷哐啷走过，用脚

狠狠地踢垮土堆。一个无力自保的

唯美国度马上破碎。因此我每天

都有亡国之痛却又止于沉默

站立在一片积水边上

就像站在一个王国的外面

碧水潭

走过铁桥，在碧水潭边因为
干枯而断折的桉树上坐下
它倒伏的枝叶生机还在，树心里
一堆堆齑粉则由很少的纤维兜住
浸泡在水中又如此干渴
多像诵经的人心里一直迷茫
但它还没有死，要重新站起来
得看佛陀何时从这儿路过
在此我多次盘桓，换算无常与日常
各占的比例。这等于捅了马蜂窝
日常中神所安排的无常
无常中人们努力实现的日常
组成具体的事物，细微和宏大
无不充满变数。而且日常生活中
硬生生地以神之名
所行的审判——例如要求
鱼鹰守戒和传道——没人
能测算有多少信仰有别的物众
能保全原貌。统计学面对的
是一个变化莫测的无涯草海
——当细碎而又茂密的九真藤

从铁桥栏杆上长出来，

垂到水面，和一圈圈波纹

连为一体。那波纹也慢慢地

变成了青铜。我的心也渐渐趋于

澄明：日常与无常都是常识

一棵桉树枯倒，有我为之赋诗

如果我死了，肯定不会有

一棵桉树为我做点什么

冬　天

栽下多年的速生杉树
粗细相当，没有明显的高差
树冠也是体量并无差别的空中
绿宝塔。它们无声地站在路边
每一棵都像是站在另一棵无限的重影之中
冬天，阳光也是冷的
我手握火柴寻找取暖的草木
但我看见每一根树干里都站着人
没有马上点燃一堆堆枯枝
——他们的肢体深嵌于圆柱体
被木纹拉紧、缠绕，造型、结构和比例
大异于常人，像雕塑家的不朽之作
人工部分完成后没有移出树干
而是作为生长中的作品
在树干内继续完善永生的内容
他们撕裂的瞳孔悲哀地注视着我
艺术家所赋予的凌厉的目光
是一根根折断的枝条
——已经没有比这直观更强烈的感受
需要通过它们有效地表达
从林中穿过，有一个个瞬间

我自觉地成为艺术品的原型，身上
闪过刀刻的痛感。但我并不迷恋
任何一种疼痛，没有留在林中
让刀替我雕刻刀刀见骨的未来

秋野哀歌

我设想自己有通灵之耳
把嘈杂的声音——那些清寂的
象声词——聚拢为有寓意的大合唱
虫羽草木的哀歌借此从隐匿中
出现在它们顶上，像一层
波动的稀薄的火焰
均匀地燃烧，但不会引燃枯叶
和翅膀。我了解闲置的
土地和上面的生物：运动心理根深蒂固
理智与私欲却是一次身体镜面上的旅行
始于并止于它们的影子。但即使是
牛筋草和刺苋，枯朽时它们也会
让风把自己的声音引到外界。沉默
没有绝对的统治力。释怀之心
像春萌之心一样单纯——那些造假或出
一口恶气的遗嘱，靠翅膀摩擦发声的蟋蟀
也不会留下。剔除自我犹如
一次再不起身的默祷。辽阔之哀
亦是灰色的庆祝，由听不懂的语言
发声并贴着地面此起彼伏

野地上

道士在一条破船上做法事
他双手各握一把木刀，朝着东西南北四个方向
不断劈杀。道袍上有风暴
样子像天上掉下杀人狂。累得喘气时
有狼在替他咆哮，汗水迸射光粒
收了刀，他甩着头，口含烈酒
喷向杀过的方位。然后坐在敞开的船舱内
闭上眼，快速念起咒语。字词无法听清
气息却吹得胡子一闪一闪
同时他的右手从道袍里抓出一沓黄纸符章
抛向空中——这是我在野外
偶遇的法事现场之一。要解决
什么问题我不清楚。程序也不复杂
而且从开始到结束只用了四十分钟
如同孤绝之人在记忆中平息一次
惨烈的追杀，脱身后为冤死者安魂
旷野敞开但又幽闭，他的四周
没有一个人影。需要大声说话并且
是在安顿紧要事情时，我才看见
船头上立着一排排小小的
红脸木偶。木偶也用他的声音

说话，此起彼伏，可又像是另外一些人
一边哭诉他的罪过又一边安慰他

骑车返回

有人沿着我回来的路
去往我方才骑车所去的地方
死角里藏匿的景观我不抱
幻想。圣地的软组织是由想象力
为之完善。从单纯的风景中
查找神仙真实的踪影
再骗自己就是犯罪——把未见
说成接受召见，由此虚构一座
语言天堂。语言天堂
多得比故乡和墓园还多
——有几回，清晨或中午
骑车返回，有人拦住我
问："前面有什么东西？"
正确的答案："这条路通向尽头。"
它自己的尽头。但我回答："落日。"
一条路，把砌筑自己的石头
一块不剩地赶入落日

白杨树的胜利

白杨树正在枯朽或被砍伐
但我知道它们是胜利者
它们的胜利不在于在我内心它们
就是所有树的合体，而在于它们
以速生见证了身边变化多端的一切
并速朽，不躲避速朽。从红色芽苞
抵达树干中塞满蚁穴的白色肉灰
过程的完整比意义的完美
更贴近不现实的现实
悲剧即经验，不是艺术。悲剧之美
则特指有人用白杨木雕刻偶像
不久便腐烂了，他又用白杨木重刻
循环不止，就像是在灰烬上用刀
——这个事例并不包括
因为木质差，白杨木所承担的
低俗语境中时间的背叛与雕刀的针对

入　壁

黑云从天空回来。黄昏时
坐在水尽头的山顶上。
金线勾勒的轮廓与泉州时期的李叔同神似
背对着光，垂首入定
长夜苦渡，有多少具肉身就得受多少份罪
有多少个魂体就得造多少座止塔
——幻化无常的云朵
在日落之后以单一的人形示众
但我觉得它是人生成了云
不是云钻进了人体。穿过黑夜
能不带上肉身，苦修就等于在无人打扰之处
一个影子面壁，入壁之后没有回来

几十公里的空白

一棵苍郁的柏树后面
远远立着一幢大厦。它们之间
几十公里的空白：有如色彩与声音
无比哀痛的葬礼随着送葬人群散去之后
归于静默。哀歌不是衡量真理的唯一标准
但它能让人为的真理
与时间的真理现出巨大差异
譬如修筑断头路已经失察却又在
它的美化工程上投入更多的黄金和智能
在稻田和荒丘遭到忽视的
审美体制中，悲剧改编成喜剧有难度
喜剧改编成悲剧则不难
白光中，青蛙跳进了一堆碎玻璃
蜜蜂把别处采集的花粉堆在塑料花上
然后围着塑料花盘旋
超现实的力量在诠释现实时总是带着
蛙血和蜂蜜，你看见了什么
那就肯定不是——因为起点是柏树
终点是大厦。但跑步的人
往往会反向冲刺，以示他们的心
还像柏树上那只孤鸟在上下跳跃

荒野间

虫声起伏，两片荒野间的
小径上，经常会驶来汽车
突然停下，不熄火
明晃晃的两束车灯照见草尖上面
黑芝麻粒一样群起群落的蚊虫
开车的人也不下车
若有若无地坐在驾驶位上抽烟
电话，闷坐。有时来的是一男一女
但从来没见过他们在此温存
总是女人尖叫，男人咆哮，互相
喊着对方的名字污言秽语地咒骂
女人打开车门，跳下车
披头散发地在车灯的光柱上
朝着小径的尽头张牙舞爪地攀登
个别男人会追，继而扭打起来
多数男人下车靠在车身上
抬头看满天繁星或孤悬的月亮
也有男人不下车，把车载音乐调至
高音。女人则像追灯下的舞者
焦躁地撕扯包裹着她的黑布
上帝手中的黑布她是无法撕裂的

她很快就停下，颓然坐在
小径中央，像一个迷路之后
等待人们前来寻找的人
更多的夜晚，这个区域无人光临
包括我也不在，它被什么事物
搅动，空无一人时它意味着什么
以人的思维呈现无人之境
我的想象力只能到达寂静与漆黑
对于其中的变数和奥妙我是外物

小　景

被风吹倒的桉树，散开的枝叶

陷入芦苇丛，像闪电的实体

轰然倒下时乍现的一个个断口

上升为永恒，似有呼救声

如不知藏于何处的暗泉

咕噜咕噜咕噜——间接释放了多少

失怙的幼鸟。芦苇间的泥路上

人的脚印已经硬化，有白羽和灰粪沾在上面

像是陈旧的浮雕产生新义。食鱼之鸟

不止于鸬鹚，俯冲而来的黑耳鸢

在低空的斜坡下，把鱼群赶进了波光粼粼的虚无

光生于水，水在光消，却只有

少数出众的生物认识到

此中另有一种宗教未曾推广

水杉林

白银含金的湖光跟在涛声后面

带着很小的坡度进入水杉林

只为把树根下的两只鹭鸶照亮

堤坝那边，南风把湖水卷起一层层

皱褶，堆放在钓鱼人的脚下。芦苇丛像愤怒的孔雀，冲天
　　而起的翎羽

遮住了它们的头。水尽头的山峦渐渐失去层次，白云有了
　　黑影

一丝丝的金光和小块小块的蓝天透出转瞬即逝的深度。夕
　　阳还没有完全落下，偶尔移出一角，白光刺得人睁不开
　　眼睛。当躲光的眼睛重新睁开，湖水如灰，鹭鸶飞至湖
　　面时像两封信投入了邮箱

白　猫

我的白猫吃掉我

掉在地上的烟灰

阳台上，一只黄臀鹎栖于紫藤

白猫望着它，身体缩紧

四脚爪子急颤着狂抓地板

嘴巴发出呼呼呼的声音

瞳孔里有闪闪白光，随时准备弹身而出

但黄臀鹎只停留了一会儿

没有看见它的敌人。张开翅膀

飞入金合欢之上的晨光

我的白猫，花了不少时间

这才卸下身上的弹簧和炸弹

用嘴去咬自己的尾巴——独自

旋转的过程中，身上掉下

一只又一只白猫

它把它们逐一咬死在梦中

晚上的风筝

黑夜，一个人恐惧
必有许多人跟他一样恐惧
一个人喜悦，必有许多人
像他一样喜悦。黑夜不是为了
某个人而让天幕黑透
而一个人也不可能以个人的殉道
代许多人受罪。如果许多人都有着
一个人的沉痛并难以忍耐，悲剧
才具有悲的品格。能让
一个人在大半夜哭出声来的
不是一只虫子的哀叫
是世上所有的虫子都在哀叫
所以，当更多的沉痛者选择睡眠
哀叫的虫子亦止步于哀
——那个在湖滩上把带灯的风筝
越放越高的人，很容易让我产生
不切实际的联想。他后背抵着石墙
双手抱紧胸前的绞盘。风不小
几次三番把他拉扯得双脚趔趄
他还在不停地调向和放线，直到绞盘
空掉而拉力上升，天上的灯

肉眼无法看到，他也
没有停顿。无人观看他的风筝
那根他与风筝之间颤动的长线
形同隐形的血管。随着夜色加黑
我能看见的也就是一个黑影
在暗中独自抬头对着天空
有时像在盲舞，有时像在拔铁棒
更多的时候像个疯狂的稻草人
在熊熊燃烧但没有产生火焰
那一刻他像我的守护神在与鬼打架
因此有一天黎明我把他想象成
正在制造月亮并让月亮从针眼
穿过的人。但又一个黎明我改变了想法
认为他是个空想家在用灯光
为逃往天空的人照明。而他
真实的身份——黑夜里放风筝的人
——至今没有出现在我的话语中
仿佛他有着隼的姓名，煤的籍贯
星星的族别，羊的学历，灯的党派
绳索的单位，蝴蝶的职务或职称
烟草的简历和书籍的住址。有无限的无需要
填充。亦有重叠和纠集的欲望凝结成冰
他如此令我凝神又被我推开，是他
让我如同看见神在杀神，还是我
就是我的对立面？事情也许没有

这么复杂——事物越是具有象征性
越是孤立无助，而严酷的
真相或真实许多人
并不需要。真相揭开时我
也会簌簌发抖。这很难解释为什么
如果这个黑夜重新出现，在对抗的
诗意中，站在离他几丈之外
我有着暴君的性格，但还会倾心于
萤光也能照亮的这一小部分
谁都可能告诉我：我之所以一袭白袍
轻松进入黑暗，因为他代替我
在悲剧中扮演了有罪的角色
可我比谁都清楚——我的戏剧里没有他
而且我还背着我的那块磐石

魔术革命

巨石从山上掉入水里
但很多人说——巨石
掉进了他们心里
从前的魔术——山和水
心脏和巨石都是假的
未来的魔术也许真的得把这些
巨石公开放进心脏。魔术师
将不再从现实中悄悄逃走
完美地呈现真相是魔术的奥义
所在。这肯定是一场革命
因为真相比虚构之物更难以触及
正如离真理越近
我们越是无法使用它
叫人不安的是：未来未至
此时的现实却不是魔术
而巨石一直在往下掉

山顶牧场

山上有常有之物，甚至更多
但又觉得什么
也没有。空空的，山的一根
弧线，把万物顶到了
世界的上面。我躺下一会儿
又走一会儿，看看无的羊
用嘴拱开石头吃下面压了很久的
弯曲的草。听听无的风
数松针时报数的低语。在山顶
灵魂跟着阳光前往矮下去的
其他无的小山和谷地
在陡峭的岩壁上行走竟然发出
虚无之鸟的欢叫。脑子里什么也
没有留下，一天就过去了。希望
还有更多的"一天"也像这样：并无
真实的收获，心灵却无比喜悦
并无什么割舍，身体却由重变轻
一切都那么稳定，日子散发
它本身的光，阴影也是那么透明
下山的路上，有人说
"可惜没有吃到烤羊。"

我说，吃也可，不吃也可
没什么可惜。又有人说：以后
不想再来。我向他颔首一笑
多少人以为今天的美
没有必要重复昨天的美
其实若能遇上无限重复的美
该是多么的幸运。当山顶上的生物
皆以无示人，对有不再如此敏感
唯一在我心头抽打着的
是一根真实的牛尾巴——它不停地
甩动，落在牛的双臀上，徒劳地
驱赶多得惊人的嗜血的牛虻

叶蓼之红

晚上把一根木头

扛到山顶

天亮前又去山顶

把木头扛回家

一生做这么一件事，我很少注意到

路边的叶蓼在深秋

弯曲的茎秆红得像吸饱了牛血的

玻璃管。而且这柔软的玻璃管

由眼前的几根逐渐扩展为覆盖

整个山体的无尽之数

直达山顶上的蓝天

能听到牛血咕咕流动的声音

但不能将其与任何肌肉组织联系起来

如此壮阔的一个整体

没有一种躯壳能够装下

如果想象这是无数的躯壳在此敞开

那么想象就是暴政——在我的

想象中——有多少头牛被赶进天空

就有多少个躯壳在这座山上

血被抽空。因此我心惊胆战

怀疑自己所走的路

一直偏离了路的本身
但又无法纠正。便一反
常态：天亮前
把那根木头扛到山顶
晚上又去山顶把木头
扛回家——上山与下山
置身于黑暗之中

鸳鸯与少女

鸳鸯双爪点水疾跑的样子
像提着裙边跑向恋人的少女
——她们都有瞬间爆发巨大能量
又不失优美的本能
不同的是：少女之跑带动不了旁人
而且跑之前就知道自己要跑
鸳鸯之跑则是整个池塘里的鸳鸯
全都跑了起来，跑完了才知道终点上
没有什么东西，但还要一次接一次地跑
像一群疯人院里的少女
当她们终于停下，少女或者鸳鸯
头颅都会歪放在酸疼的翅膀上
安静一会儿。有些惊诧
哀伤，有些痛快淋漓
就像刚刚从一个白浪滔滔的梦境
把自己的灵魂抢救出来

松　鼠

　　生命的执拗有时就是一场奇迹。死掉的松鼠摊贴在公路上，干燥的遗体仍然是逃命时的形状。四脚张腾，长尾上卷，速度与阻力致使毛皮与骨头分开，头颅倾力向前几乎拉断了脖子，几颗白色的利齿因为用力去咬什么反而刺穿了自己的上颚，内脏在奔跑中不知掉在了何处……由不得你不信：它天大的灵魂还在小小的遗体上面燃烧，复活乃是必然的结果，只是时间或早或晚的问题。

游泳的人带来恩赐

凡是虚构都有
教育世界的资本
凡是落日都在沉沦时把金币留在水上
语言中的虚与实，有时就像在荒凉的山中
行走，忽然遇上一座埋魂的古墓
虚耶，实耶？无论虚实
心都被魂主所夺：他以灵魂
之死作证——世界向我们递来它的终点
尽管这终点阻止不了思想，古墓
也不会出现在高速公路的超车道上
可我们还是听见了象征
灵魂的草茎在脚底下折断
最近几个月，我常常骑车前往
宝象河注入滇池那片弓形的湖湾
有一天，看到一个人赤身裸体
从水中走上岸来。他背对
落日之光，身后的湖泊像光明之海
感觉就是光与水联合把它们的使者
指派到我的视线内
让我得见。我沉重的生身顿时
长出光的翅膀，与光同向

紧跟着太阳向世界告别
——这的确只是俗世中的一幕
但不是神本体，就是这个游泳的人
他把恩赐带给了我：一次
原地不动却去到了天堂的旅行
那虚与实完美地融合
如此贴近恶世的审美标准
比单独的朝觐更令人心旷神怡

孤儿的泥塑

用马车，一个孤儿
将泥塑的佛像
运往山顶供奉
走在坑洞与巨石的路上，马车颠簸
泥塑的各个部位不停地往下掉
——到达终点，佛像只剩下几根
绑着稻草的人形松木支架
他抱住马头
伤心地抽泣
四下苍茫，无人给他安慰
马伸出舌头舔他的手背和眼睛

鱼 塘

在水下，鱼儿把自由
搅和在死亡之中
隔着穿顶的玻璃静静观看从壁画中
紧盯着自己的鸬鹚和麻鸭
秋天又一次找到
水烛、芦苇和叶蓼
督请它们将枯萎的财产让渡给
倒影博物馆。哦，再小的鱼儿
心中都有万丈波澜，用于生或用于死
辽阔都便于轻盈地转身
而在这座水的小教堂里踱步
肚皮擦着泥巴，食物公有制
来自不同语言和音调的召唤如此
频繁，唯独缺少声音之父
瓦解死亡的轻声一喊
所有事情似乎都只有开始，按年月日
往前推进到某个刻度就停止不动
永远没有终极。就像任何一种美
全是美半途而废的外形。就像
任何一种语言，叙事未了
便陷入难以比喻的

沉默，且以这沉默，就此封压众多
永恒的火山口。没有一条鱼儿见过
在命运中自动增补为神的渔人
旧神不曾完成的工作无处不在
一如让堤坝冻结了流水但未曾
让堤坝成为天堂的围墙。不知道
组成堤坝的石块
会不会为此而发疯
鸬鹚之喙，反复敲击着水的门
唱起古老的《弹歌》："断竹，
续竹；飞土，逐宍。"歌声
竟然像出自从彼岸
回来的老人之口
——已经不用验证：在箴言与咒语
密码和祷词统一失灵的晚上
几乎所有的鱼儿，爱上了诱饵
也爱上了垂钓者放在
堤坝中央的那盏不灭的灯

月亮的力量

月亮兼有天堂和女人的
两种属性。在选天堂还是选女人
这个二选一的问题上
左右摇摆或贪心之人
因此选择了月亮
虔信幻景——其实就是一种诞生在
岔路口的宗教。信众把虚无
作为实有，只身来到星空下

月亮的光无远弗届。穿过树叶
照进根。进入黑暗找到
失踪的物体。它白色的火焰
焚烧着无名氏的白衣与白骨
不残留一丝光的灰烬
但人们觉得这样的毁灭
非常完美，生的至乐就是在灵魂
没有叛离之前死于无形之手

而月亮正以每年三点八厘米的
速度远离地球。未来的今日
将比未来的昨日更阴冷

直到月光变成铁。燃灯的人
一个接着一个在塔尖上争抢月亮的
位置。然而信众只剩下我一个
只有我还在把哭声
从月亮传递到人世来

棕树下

雨滴击打棕叶，传出瀑布的
声音。棕树和雨滴暗藏瀑布但只
释放声响。经过仔细观察
棕叶的美正在一点点进步——朝着
波涛的方向。夜色中的雨滴
有人以"祈祷时的眼泪"来形容
我觉得这不确切，再糊涂的
信徒也不会无端浪费这么多眼泪
从我的角度看，棕树根本没有
清洗的必要，就算叶片真的变成了
金属，就算方向上的波涛
转换成了巨鲨。在漫长的反自然
进程中，我们从暴烈之物身上
剥下暴烈，然后
贴上软茸茸的饰品
或者在卧室安放花岗岩孔雀
目的都是为了警告被失眠的爪子
抓住心灵的人：用这一种声音
在同一只耳朵内反抗前一种声音
那就是变节。需要吞服
大剂量的安眠药并在暴风雨肆虐的

梦境里丢掉手上紧握的仙人掌
哦，仙人掌，在仙人掌的天空下
我置身仙人掌丛，一点儿
不敢动弹。但凡遇到什么事
不生出反心，不敢设想审判标准
但凡自己绑架自己也不寻找
庞大之物为替罪羊——而雨从傍晚
一直下到了子夜。那个站在
棕榈树下躲雨的人，不是暴风雨
养大的孩子，他只能在棕榈树之间
找个洞穴躲一躲。像古人
在众神中间安插的一根拴马桩

夜 游

在黑夜中的堤岸上
坐着。水声似从无限遥远的大型动物的骨骼间
传来，闷响，腥味浓稠。身边的藤蓬开细碎的花
像是大象的群雕上落了一层薄雪
香气没有向着我这边飘。树和竹林
形态可见但不是你认识的样子
我以为不会有人在此出现
就我一个，屁股下是一个树桩
而树桩仿佛，蹲在了青蛙背上，叫声喊魂
我可以在非常之境想些污水扬波和羡妒猜忌的揪心事。
可总有孤单的人影
不说话，静静地来到，也坐在
几米外的堤岸上，埋首于
风云图和水声，一动不动

有时，则是在荒野中长满
杂草的石渣路上夜游
朝着月亮的方向或夜鸟乍鸣的池塘
也会遇上一个黑影迎面
慢慢走近，不打招呼就擦肩而过
像某片黑云落在地上的灵魂

身上散发着呛人的烟草味。直到他
走远了，不见了，我才发现自己
怀揣着喊他一声的念头，与他
闲聊几句的愿望如此迫切
——只身在夜里遁入野外的人到底
有多少，没人能够统计。有人
一声不吭坐在竹林中，如果你不从竹林穿过
就不会知道里面有人，而且被他吓了一跳

虚构的父亲

黄昏，夕照中的草叶上
弥漫着一层氤氲的黄晕。天黑下来之前
黄晕褪去，有一瞬间
草叶有着叫人揪心的清凉之绿，绿到了
绿色的心里，绿到了稀有的至真之境
旋即就是墨绿，是无可
奈何的灰黑，深黑。旁边公路上的车灯
不时扫到之前一直靠在柳树上操作
遥控飞机的少年身上。忽然出现
忽然消失的灯光里，他的脸
惊现所有儿子的脸。他意犹未尽
感觉非常懊恼，一手拿着遥控器
一手握着柳条，用力地
抽打着身前叶片尖利的水烛
封湖已经很久，偷渔的人熟悉
草荡间一条条软绵绵的、会叫的小径
从漆黑中闪出一个滴水的身影
就像是溺水者上岸寻找他孤独的儿子
但他们谁都不在对方的生活中
谁都对意外的惊吓无动于衷
电筒光下，偷渔的人数着鱼，少年

冷冷地望着：活鱼活在死鱼的身边
死鱼活在活鱼的记忆中。他对此
不想发言。头上掉下来的柳叶
有着小白鱼黑色的外形
静静地躺在静止的鱼群中
宁静的夜，不知名的鸟，声音之源
遍布于多个池塘的虫儿，欢愉地鸣奏
两个可以虚构为父子的人，在心里
继续为自己的沉默追加着赌注
整个草滩缩小为一间昏暗的小客厅
——当偷渔人从渔网内拿出
一架湿漉漉的飞机，扯掉
上面的水草，抬起头看了少年一眼
偷渔人这才听见少年大叫了一声
扔了柳条，高兴得跺脚
他向他鞠躬，他接住了他
递过来的飞机。仿佛虚构之父
从隐入黑暗的水中，为虚构之子
偷捕到了一只真实的翅膀

火焰的声音

江尾村北面的一片菜地
月光照着，明与暗互相交织
砂石路凹凸不平
路上一蓬一蓬的酸模草，红色沉下来
升起的灰黑偏向于白色
火焰的声音来自烧荒的老妇人
她被浓烟围住，不停地咳嗽
不时又从浓烟中走出，抱起事先
拢成堆的豆荚藤和辣椒秆投入火堆
浓烟比月光更亮，但不透明
而且像很多白布绑在一起往上提
不知是什么人在提，为什么
要提。他们要提这些下面悬挂着
火焰的白布上去干什么。火焰里
向四方窜出年轻的青蛙、苍老的蟋蟀和幼儿园
小朋友一样细小、成群结队而又吵闹的蚊虫
既像是它们刚刚破天荒地诞生于火焰
又像是它们从别处由火焰送回这里
——火焰的源头不在
老妇人手上。叫声真是奇妙
有的跟着本体飞，有的脱离本体

多数没有本体。比如夜鸟的叫
是由柳树发出来的，夜鸟既没藏在
自己的声音内，也没有在柳树上栖息
它们更像是隐身于从芦苇中走出
又转身走进芦苇的人身上。而这些人
似乎也想发出几声鸟叫。他们
与老妇人打招呼，有的声音太大
老妇人以为不是喊她。有的声音
太小，老妇人没有听见
她在离开之前一直保持了声音上的
沉默。唯一的交流，存在于她
与火焰之间，而且只是火焰在讲话
以声音的方式等待熄灭，仿佛人
在误途上自寻宽宥。月光下
旁边地块上静立着穿黑袍的向日葵
低垂的脸盘隐约闪现一个个白圈
老妇人佝偻着背，扛起锄头，钻进去就没
再回来。火焰却迟迟没有熄灭
直到次日上午，砍葵花的人还看到
浓烟被地下之手慢慢拉回暗中
灰烬中有几只麻雀在啄食火星充饥

在波涛前

在波涛前的石凳上
坐着。如同阅读中的旧书
活活将我带进了
神话。入魔的
或者封神的异众，朝着我滚滚
而来：他们水造的躯体互相推荐
——快速拱动的脊背，无影的手
举着卷发蓬松的脑袋
轰然砸下：旧的
碎灭之后又有新的续上
谁都向我扔来了他
生的，不生的
白的，不白的
所有法宝。对我和我
身边的万物做出忘我的
致命一击。锉骨扬灰的场面
充满幻想中一再重复的暴力美
和终结美。泡沫在他们
受难处的上方
堆砌溃散的珍珠塔，而声音
比受造的利器还要尖锐

继续向空中撒播锋芒

我忘记了时间，没有借此类比

所见所闻的世间景象

参与这场持久的信仰之战

也没有硬着颈项地在事后

把自己说成幸存者

尽管衣服已经湿透——像浸泡在

血污中的铠甲。然而，蚀骨的阴冷

让血液生冰

以死对抗的行为

其实是一种狷狂的绝望

我一边崩溃，一边

调整倾斜的坐姿。在体验

僵尸的僵硬时，还因为看见

波涛上那束只为毁灭而闪耀的光

给自己研究死亡找到了一道门

如果有一片波涛

击倒我，置身在旋涡

也许我会觉得——我被囚禁在

古老叙事的连环套内——

不会为此刻死于

反噬和独坐

而悔断肠子

怒视狂浪的瞳仁后面

早已升起的船帆

也不会降下。但眼前的大海让人
起疑心，的确不是神话中
讲述的大海。现在的恶
淹没了历来的善。它
更像是一个前往彼岸的
刽子手集团，被遣送回来
刀光刺目，我迎面
撞上了它们

池　塘

我继承了一笔只能描述的
遗产：池塘的四周
长着各安天命的蒿草、大麻、紫藤
水面有浮萍，但让死水
更加静默的，是虚空之上一层层堆积
一层层腐烂的朴树和榉树的落叶
水面和苍穹之间，斜挂着几束
从林间透射过来的阳光
成群结队的蝴蝶，闪烁着，从那儿升入天国
它们没有代替我，我仍然坐在一棵树底
一身漆黑，却内心柔和
仿佛有一头大象在我的血管里穿行

在淮安中学的那个上午

小河在树间流淌，
它是运河的女儿。
树林中众鸟啼叫，宛如
声音的种子在发芽，开花。
——分管树木和鸟类的神，
在石头后面安坐，
绿衣服露出了一角。
阳光很亮，让道路更加笔直。
风暴目前收拢于纸宫殿，
那些即将解放的老虎的脊梁
和天使的翅膀，让我们
反复联想到今后的力量和美。
一只灰喜鹊停在栏杆上，
尾翼挂着亮晶晶的露珠，
犹如美梦因为不会破灭
而变成校史博物馆。
在博物馆的外面，从不同的方向，
诗人们来到了初夏的火焰中。
那一会儿，正值下课时间，
天空低声地向下叫喊着人名，

但我们都没有听清，

它在喊谁，喊了干什么。

演 员

午后，在翠湖边独坐，数着头顶的海鸥
看见一个和尚，脖子上挂着念珠
从定西桥上走了过来，身上没有一丝尘土
他是那么的与众不同……
我突然就想去当一个演员
在一部接一部的影视剧里
只演一个重复的角色：走投无路的人
悄悄地在深山里当了和尚
这样，我就可以不断地绝望，不断地出家
戏剧性地一会儿在俗世捶胸顿足
一会儿又在空门里穿着袈裟

奔 逃

明朝灭亡后，伙同一个人杀死了
豫剧里一个托孤的主角
整个国家的听众都在抓捕逃犯
我们无处可逃，躲进了苏州中峰寺
做了苍雪老和尚的徒弟
给寺庙门口的乱石堆讲经之后
又给两个杀人犯讲经，老和尚
也在托孤，那些经书里的孤儿
他说："只能交给亡命徒了！"说完
把袈裟拉拢，遮住鹤爪一样的手
心有不甘地圆寂于窗边木榻
再不看旁落的家国与寺院
唉，多么令人绝望的乱世啊，每一次
想起这前几道轮回中的一段阅历
我就会把藏在衣袖里的短刀
用一块红布包裹起来
即使遇上了从明朝赶来抓捕我们的
不死心的捕快，我和同伙，已经形同朽木
如数放下了身上的绿叶与红花，不反抗了
宁愿被他们押送回去，接受
一个早已消亡的王朝的审判与囚禁

以后深山遇见你

以后深山遇见你

松树下面，我们多喝几杯

天上繁星比瓜大，用它们佐酒

醉了，我们就抱紧了

酣睡在人世的草丛里

父 子

从精神病医院出来
迎面就是一座山丘，父子俩一前一后
在泛着白光的小径上往上爬
父亲问："有人问起过我的去向吗？"
儿子停下脚步，先抬手擦了一把脸上的汗水
用手掌往脸上扇风，这才
似笑非笑地回答："我说您被枪毙了
有时也说，您被仇人追杀
不知躲哪儿去了……"
父亲想说什么，但又忍住了
昂首看了看天上燃烧的太阳
转身又朝着精神病医院走去
儿子也没挽留，把父亲边走边扔下的
钞票，一张张捡起来，坐在地上发愁
父亲消失的瞬间，精神病医院的
铁门，咣啷响了一声

孤独的老和尚

常常听见书卷里有人独白

死去的人比活人更关心现实

偶尔，也听见墙壁里

传出声音："被砖头挤碎了骨头，但没有了

痛感，也失去了抱怨之心。"破壁之说

局限于剑花朵朵的勇士

丙申年七月十三日，在一座寺庙躲雨

孤独的老和尚，一脸的落叶

告诉我："我每天还在诵经和度亡

但人们以为我死去很多年了。"

反之，寺庙外的死胡同里

曾经住过一个老年刽子手

死去三十多年了，老和尚还一口咬定

刽子手不会死，那人还活着

每天拂晓，提一把屠刀

肃立在屋顶上等待日出

致月亮

月亮，今生我想至少与你相聚一次
地点由你选定：天心、海面、旷野、寺院后的山头
当然也可以就在你的体内
或者我的屋顶上
只要能接到你的邀请，一个唯心主义者
他想听见你凌空的脚步声，想看见你
因一场酒席而停顿，关键是他想
与你为伴，扛一棵桂花树走在你的前面
为你打扫满天黑暗的灰尘

我的双臂还在划水

我乘坐的船舶沉没了
但我没有随它沉没于海底，我还在海面
被一堵波浪推给另一堵波浪
获救之岸没有出现，或不可能出现了
死亡成为一种必然，几只海鸟
视我为浮尸，已经在围绕着我盘旋
可我双臂还在划水，比任何时候
更想做一个幸存者，因为三个问题未有结论
——光明的波涛翻卷不息
我为苟活备感耻辱，为何天空
如此安静？为何悼念与忏悔迟迟没有发生？
这是为何？单凭这最后一个疑问
我也要朝着巨浪拍击巨鲸的水域游去

在守界园

在湖北荆州沉河兄守界园
的空地上，设想中的精舍清寂无人
远离俗国和时间
少君对我说："你在云南
也该有这么一个道场！"我果然动了贪念
为之沉吟，并为之奔波不息
但心上的一座座房屋建起来，很快就
毁于火，毁于水，毁于战乱或地震
毁于无人看守。所以，我废墟一样的心
现在仍然是一片废墟，而且多出了几个
没有身份、饭量惊人、一身臭汗
不断地清理着废墟的人
他们用铁锤重击断墙，从混凝土中取出
钢材，就像剥皮抽筋似的
令我在重归安宁时如遭酷刑

追 捕

我又来白雾中的山脉

悬崖依旧，牧羊人仍然是那个

还俗的火头僧，只是岔路口的松树林

多出了几个新鲜的树桩。循着钟声前来

有两个人比我先到，坐在树桩上

向牧羊人打听一个负罪出家的人

"长发，目光凶狠，穿着一件皮衣……"

牧羊人只看见过光头和袈裟

想从岔路上找一个人交给他们，但岔路

并不通向归化寺，一张白雾中的地图

没有在寺庙与监狱之间标出秘密的路径

我从他们中间穿过，长发被白雾

浸湿了，死死地贴着脸上这副

让他们备感陌生的面具。袈裟和皮衣

我都抛弃了，只有目光依然凶狠

每天在岔路上寻找着那个

他们追捕的罪人，孤单并且孤立

他们不知道我就是那个人

如果有一天我落网了，人们撕下

我的面具，让我穿上一件仿制的皮衣

我会心里想着袈裟，像牧羊人那样

信手指向任何一个人，大喊
一声："是我杀死了你
你为什么又活得像头狮子？"

冰　河

两个人在严冬的深夜诀别
一个向冰河的上游走去
另一个反向而行。冰河上嘎吱嘎吱的声音
本来有沉重感，却因为无人听到
而不存在。随着雪越下越大
开始他们还像是两根木棍，撑在
两张巨大的白布之间
后来两根木棍也不存在了
白布叠在了一起。春天，有很多人
开始寻找这两个失踪者，希望他们还活着
希望他们能围着一张桌子坐下来，互相谅解
还清欠着死神的赌债，也把双方的分歧
——化解。春天的冰河已经解冻
波涛翻卷着巨石向大海奔跑
人们天天守在入海口，甚至找遍了
大海和大海中的孤岛，至今
没有获得有关两个人的任何消息
两个人，一个向上，一个向下
他们的失踪案，令寻找他们的人
一直把浊浪滚滚的河流想象成冰河
并在雪山与大海之间不停地往返

不吃花椒的少年

从碗里把一粒粒褐色的花椒

找出来，少年想把报纸上的字全部压住

"我看见这些字在动。"

文字实在太多了

而碗里的花椒又颗粒有限

"能不能再给我一些花椒呢?"

少年用筷子焦急地翻动着食物

抬起头来求助。我们都是久历人世的人

知道花椒麻痹不了文字

文字也不会喜欢被压迫的感觉

笑嘻嘻地坐在餐桌边，看着黔驴技穷的少年

窗外的银桦树上有喜鹊在叫

少年突然端起饭碗扔了出去

愤怒的表情占领了他那张长满青春痘

的脸。这位少年，他想用花椒压住的那些文字

说的是战乱又升级了

一个吃早餐的人

碗碟里多出了一颗子弹

凉州词

一匹幼马想知道自己的主人是谁
在过去的杀伐之野，用节奏飞快而又沉重的四蹄
反复叩问。那些沙砾与枯草之间
很快就冒出了一具具骷髅
而且，大漠孤烟直，长河落日圆
一架向着敦煌航行的飞机正发出一阵阵轰鸣

狮子头

癸巳年暮春，我去赣州访王阳明

通天岩的繁花已经凋谢完毕

山水改由草木宰割。一座寺庙

隐身在人口稠密的闹市，它燃灯的道场

现在充作了屠宰场

有人在庙门口的石狮子头上磨刀

反光，刺得我睁不开眼睛

多么坚硬的狮子头

嘴唇之上已经被削走，苍白的平面上

象征与隐喻一扫而光，唯有刀与石

舍命抵擦的嚯嚯之声传出，令我的脑袋

一阵阵晕眩。而庙门口的另一个狮子头

当时无人征用，同样被削走半截的横面上

落着几片竹叶和几只枯叶蝶

景象重现的必是王阳明捕杀山中贼时的血腥

赣江和贡江的水变成了红色

我不禁暗中嘀咕：这两个狮子头上

不知有多少个屠夫磨快过屠刀

而身后的菩萨一直睁着眼睛

无　题

雨声像不像文字在白纸上
爆炸？像不像？它们在夜色里噼噼啪啪
没在虚空里留下任何痕迹，甚至连一滴水
也没有留给闪电。同样，当我
往白纸上书写塞满了火药的文字
必然会有身负殊命的某些字词
随身携带了火柴，像无辜人群里的人肉炸弹
伺机引爆自己。看着所有文字纷纷
自我毁灭，我始知有的文字我并不认识
它们的本质。再次屏息听雨
仿佛我什么也没有写过
它们也无意破窗而入，浇灭我
已经点燃的满身引信

独　白

你纷纷睡去。是的，纷纷

不是你睡着了，也不是你孤单地入睡

像一个石榴，像俄罗斯套娃

石榴有多少颗甘甜的籽粒，套娃中

还藏了多少个人，你就有多少个干净

而又独立的灵魂。它们纷纷

因为疲倦而沉沉睡去，就包括你

整体的那一个，被世人所看见的那一个天使

也睡了。方舟、冰川、火焰、鸟群

巫术、钟表、美学，凡是你兴之所至

你就是它们可爱的主人，而它们也欣然

在你众多的灵魂中分别作为配角

像不同的星宿组成星空一样组合成你

这曾让我的惊叹缺少主题

也让我感到你的不可知，你无处不在

却又无法确认你什么时候是俄尔甫斯

什么时候是文殊菩萨，什么时候是哭泣的本体

现在，你纷纷睡去，我找不到

任何一个你，正好让我在这雨夜

逐一地辨识你的化身，请它们暂时

离开一会儿，让你，血肉丰饶的那个你

静静地安睡，不接受任何赞美

山水诗

峭壁上的菊花可以作为
我的名字。还有这座活火山上的积雪
可以移至我的脑袋中，然后往外升起
别人反对碧流与烟霞，反对
与它们相关的寓意，但我还爱着它们
并爱着同样凌空的松竹
爱着破空的坠石
有乌鸦在用尖喙替人们凿筑天梯
有想象里的凤凰，张开巨翅，接引着
已经幻灭的采药人和炼丹者
我视之为奇观，却不再模仿，不再赞美
也绝不诋毁。这身临深渊的生活
有着流放者别开生面的
苍茫而又清迈的狂喜
它意味着我不是一个同流合污的人
它意味着我是被遗忘的隐居者
有了自己的国度，并在遗忘的生涯中
找到了自己。是的，我还热衷于咏物言志
还热衷于聆听谷底传来的鸟啼
哦，我该感谢谁呢，是谁让我
像热爱天堂一样地爱上僻远的荒野

哦，我该向谁致敬呢，是谁启发我
无心功过，让我仍然在向古老的山水诗求救
求一沓白纸、一支毛笔，山水之间
酒醉之后，尽情享受书写的自由

在房顶上相遇

午后的阳光逐渐稀薄
我把手洗的衣服挂晒到了屋顶的
铁线上。它们向上蒸发缕缕热气
向下滴着未尽的水珠子
昆明的春风素来不怎么安分
稍一用劲，衣服的样子就像有一根铁线
从我横卧在空中的身体内穿过
而且我挥舞着衣袖，想把藏在里面的人
抖落到地上。这时候
邻居的男主人前来屋顶收他们
早已干燥的衣服。我们同住一个楼层
已经十年，一句话没有说过
类似于两个行走的铁人，从未有过碰撞
他把花花绿绿的衣服，一件件
从风中的铁线上取下，耐心地抚平褶皱
叠好了，才放进红色的塑料盆
我的心猛然一动，感觉他这是把自己
和家人，从悬空之处取下，抚慰，安放
然后又才把塑料盆捂在胸口
转身下楼，楼梯口的铁门被他轻轻关上
即使春风猛烈，他也没让它

将铁门狠狠撞向门框

整个过程，他没有看过我一眼

也没流露过一丝与我打招呼的表情

房顶之上，我们仍然是隔着一堵墙

彼此防范的陌生人。我干脆

在一根凸起的横梁上坐了下来

点上一根纸烟，不安地眺望不远处

翠湖上空的海鸥。它们如一块块

闪着白光的金属片，神奇地上下翻飞

一点也不像天空投寄下来的信件

麦积山

菩萨的塑像

是菩萨有意将自己的体貌

留在石壁上，留在可以远眺人世的高度

人们谈论着古人造像时的

虔诚与艰辛，菩萨静静地听着

有的微笑

有的怒目

有的静默

有的碎裂了，消失了，无形了

菩萨在用人的表情和命数提醒人们

却鲜有领悟者，尽管人们在礼拜的时候

用带血的头颅频频敲击着

塑像下坚硬的泥土

我也是茫茫人世间的愚钝者之一

沿着麦积山的铁梯子

螺旋式地向上攀登

站到了菩萨的身边

只是为了在菩萨身边站一会儿

置身如此清凉的地方，也只是为了

顺便看一眼秦岭初冬

变幻无常的大雾

白色的羽毛

因为什么
我们来到了五祖寺
因为什么
我们又回到了原本的生活里
来，只是来一次，住了一夜，没有留下
回去，又是盲鱼归于沧海
自己找不到自己，也无岸可寻
匍匐在弘忍真身下，有一瞬
的确接近了神灵
但站在青檀树底往山下看
又觉浊浪多于清流
不洁的人世与醒着的个体
仍然是前者埋葬后者的关系
和尚们的大自在
退回了庙门内
为此，这来到与回去
东山古道的芦花丛中
我只是一根白色的羽毛
被风吹上山来
又被风吹下山去

换 灯

天花板上的灯，一直高悬

发射过太多的光

现在它无光了，儿子想换上

一盏新的灯，照亮我们的黑屋子

他个子太矮，双手伸不到虚空之上

凳子上又加一条凳子

他却爬不上去

我伸手帮他，他发出了一声

幼兽的怒吼："闪开，别碰我！"

然后坐在地板上发愣

不相信拧不掉高高在上的一盏破灯

不相信光也会断绝

他随手敲打着地板，想象中的木梯

仿佛就藏在结实的地板里

当他站起身来，还向空中跳了几下

向空中投掷了一块橡皮泥

他的无奈，像他满脸的汗珠子

飞溅到了我的脸上

他说："你们都别动这盏灯

我才是那个换灯的人"

我不想让他做他做不了的事

更不愿他预支他的未来

但他一点也不妥协

坚持要亲自给我们一点光

我很悲伤，也很快乐

发现自己已经知道放弃

已经是一个可以放弃光明的人

很多天过去了，那灯一直没有换掉

我们都盼着儿子早一天长大

而且乐于在等待中

过上了无光的生活

果　园

弹奏《腐果颂》，他在果园里
预先学会了从春天直接跨入秋天的杂技
双向斩断并删除时间链上
活力四射的一节，用泥土掩埋纵欲者的
生长期。一双弹琴的手，负担了
魔爪的功能。他把琴摆放在水果仓库
落叶翻飞的房顶上，此刻，有几只灰鹭
优雅地降落在硕果累累的枝头
人琴合一的乐章尚未破壳而出
果实已经纷纷坠地，黄金敲打黄金
鲜肉包裹着的灵魂向外流溢甜蜜的浆汁
噢，果酒，果实的自焚之火，果实自焚之后
方进入白热化的欲火，酒神的
一座座小火山，它们领着隐身的众神
从荒废了的水渠上走来。青蛙
奏起了《迎宾曲》，悔恨的蜘蛛撕碎了
降落伞，那些杂草间锈迹斑斑的多向喷头
也像抬起的蛇首，用分叉的毒信子
模仿喷泉。他举目环顾，目光
一度停在了栏杆涂成红色的瞭望塔
那儿的黄昏与黎明，像木桌上的纸牌一样杂乱

星空，如此静宁、肃穆，但也被幽灵之眼
所替代。有多少缱绻与温存，生成于月光
或者蝴蝶的午后。在青草王朝的宫殿中
爱王后，也爱浴池边的女仆
爱一根骨头上仅有的肉筋，也爱它冷却的白灰
他相信每个瞬间，美与丑，美与美
丑与丑，交合都是神迹，因为有爱之光照耀
因为他都参与了。他开始敬仰自己
而他，现在看见的只有通过记忆
才能及物，至于听见的，所有都通向结局
把自己关入堆放农具的地窖，他也知道
每一根枯枝都承担不了果实的重压
每一颗果实都忍受不了腐烂的诱惑
即便酒神，也难以克制沉迷中死去的冲动
重压是疼的，腐烂是疼的，死亡是疼的
他觉得自己还是一个金苹果
被枝条死死抓住，高悬在空中
他的疼，没有重压、腐烂和死亡的表象
所以，当他收回目光，往琴凳上一坐
他很清楚，自己不会再站起来了
暮色适时地涌进了果园，明月升起在
瞭望塔顶上，而果园的一角，他也看见了
正有一辆运送果实的马车，在《腐果颂》的
旋律声中，静静地驶出果园的拱门
而那拱门之外，整个世界均被秋风征用

落叶的响声，就像集中营里
饥饿的人们同时敲打着金属的口缸
而且，他们还同时高喊着什么

新　诗

众人只是陈列于我时间的长度上
唯有你，开辟了我
时间的宽度和深度，据为己有
我知道这多维空间的深邃远胜于我的一生
像一个新生的星球，必定要产生新的上帝
新的挚爱与自由，新的语言和新的人类
新的存在与新的亡失，新的我与新的你
新的，一切都是新的，包括时间也是新的
雪山、江河和大海，都是新的
万物将被重新命名，所有的文明都将
出现新的起源。凤凰的形状将由你来设计
并另取一个名字，比如"清尼"或"琴美"
星空不会再如此高远，它会被你
移置到树冠上，而树冠也将是你喜欢的新的
高度和颜色。就包括双唇上的炽烈
和衣服与身体间短暂的矜持，必有
新的语符和寓意，必有折毁了翅膀仍在
疯狂做爱的蝴蝶，在颈脊发出飒飒之声
必有旧的骨头瞬间获得新生
你的唯一性由你确立，意味着那狂喜
与粉碎，也将服从你的意志，生会再生

死会再死，在白云与清风的安乐窝中
新的上帝没有制订清规……
在茫茫苦旅中，我为这自我圣地的破土
喜极而泣，为你应许的永生服用大把的镇静剂
依旧在天花板上散步。此刻，夜色散尽
阳光给我送来了建造通天塔的黄金
我将拒绝这份光荣的苦役，盗用这些黄金
在我的左侧、右侧、脚底，抑或身后与上空
那时间的无限空间内，按照你设计的图纸
建一座新的宫殿，除了你，对谁都不开放

春天的男孩

春天的男孩刚长出毛茸茸的
胡须，坐在你身边
你能听见他的每根骨头在向上拔节
生长的速度，配得上他的思考
"老爸，大海是不是大地的组成部分？如果
是，大地的面积为什么不及
大海的三分之一?"他把一只橘子剥开
没有分成几瓣放进瓷盘，再用刀叉
或竹签戳起来一瓣一瓣地享用
而是把整个橘肉塞进嘴里
腮帮鼓胀，嘴角流着蜜汁，舌头与牙齿
明显派不上用场，吞咽极其费劲
但他仍然用含混不清的话语
继续向你发难："释迦牟尼和耶稣
到底哪一个更适合当精神领袖?"
其实，他从来也不关心什么话语权
嘲笑信众一直是他的天性
他的偶像是贝尔·格尼尔斯
一个人一次次深入绝地，又活着回来
必须成为集体中的一员，他也没有
将军梦，只想做战队里

最杰出的狙击手，那些杰出狙击手的故事
他讲得眉飞色舞。有人问过他
"你的梦想是什么？"他根本不做思考
"四个字：离家出走！"在他十二岁的
生日晚宴上，我们正准备齐唱生日歌
他一本正经地告诉大家，他的生日歌
是《蓝莲花》，并一个人唱了起来
"没有什么能够阻挡，你对自由的向往……"
春天的男孩把自己的卧室
变成了军械库，从弓弩到战斗机
一应俱全，拆卸、组装，在乱七八糟的
零件堆里睡去，醒来。知道每一款枪械的
研发者、实战时间和优缺点。每一次
骑着他的山地自行车，与成人进行
一百公里以上的郊野骑行，他必选一款
悄悄塞进背包，自称战士。但他
还是喜欢独行："老爸，一个人破风的感觉
真的像飞翔！"特别是在他对某道教学题
束手无策时，他会从一桌子凌乱的试卷中
抬起头来，告诉你："我想做一只大白鹅
因为它们的眼睛非常特殊，看见
任何巨大的东西，都比它们的身体小！"
这时候，你感受到了他内心的压力
却又不敢犯险，鼓励他把时光
全用于独立、自由和破风。昨天中午

看见我在书房冥思苦想，香烟一根
接着一根，而白纸上始终没有写下一个字
他笑嘻嘻地进来，"咳，咳，咳……"
双手捂在胸口，装出一副被烟雾
呛坏了的模样，"老爸，要不要我送给你
一个写诗的题材？"你肯定会被他
逗乐了，继而向他点一点头，而他
也果然一屁股坐到你的对面，侃侃而谈
英国的一个上校，骑马、作战、垂钓
一生都被闪电追击，死后的墓碑还被闪电
劈成了两半……他讲完后，目光清澈
但又凝重地盯着你，你是想摸摸
他硕大的脑袋呢？还是内心复杂
感谢他向你陈述他所理解的命运？看着他
起身离开时宽阔的背影，你知道
春天的男孩，他懵懂的外壳内
已经有一个男子汉，在替他观察和思考
替他主宰命运的罗盘，而且随时可能猛然地
破壳而出，一点也不害怕闪电的追击
而此刻，你也才反应过来，你欠他一个拥抱
欠他一句话："儿子，你才是爸爸
最伟大的作品，哦，不，你才是爸爸
一生等待的最可靠的朋友和战友！"

三川坝观鹭

流水过处，岸边的柳枝、水草和残荷
都成了俗物。唯有静立的白鹭
以出世之美挽回了颓势
它双眸寂淡，光芒收归于内心
身体一动不动，翅膀交付给了灵魂
流水中有几个女子
弯腰清洗着莲根，也打捞水中
一把把锋利的刀子。她们偶尔抬起头来
看见白鹭，一阵慌乱，又迅速地弯下腰去
仿佛看见了肉身成道的某个邻居
我在流水之上的木桥闲坐，无端地
浪费着时光，不在乎流水的道场经声四起
只等暮晚来临，看一看夕阳在山顶上
等待白鹭，夕阳会等多久
白鹭会不会动用自己的翅膀

深夜偶作

波浪袭来
老的白麻衣被冲走

波浪又袭来
新的白麻衣也被冲走

我赶制红麻衣和黑麻衣
等待波浪来把它们冲走

接受洗礼却再也回不到岸上
一次完整的洗礼也不给我

波浪形成旋涡，拉扯我
上旋，也拉扯我下沉

思想的裂袂未曾落实尺寸
和颜色，已经被撕成碎片

哦，我的灵魂已经得救
但没有衣服为我遮羞

圭山石林之一

虚空粉碎了
出现了蓝天空，和白天空。两片天空下
树木、石脊、青草和红壤，平分了缩小后的星球

但石脊终将产生马的速度并只剩下骨架
树木和青草终将上升到理想的高度然后
根系和顶端同时腐烂，不会有幸存者

红壤终将变厚。掀起蓝天空，它看见白天空
掀起白天空，它看见蓝天空。它要找的东西
已经被离去的人们带走
无论是石头的种子、花朵和化石
还是神像和月亮

圭山石林之二

石头在笑。会笑的石头身上有肉
无论体量多小，它们也会将断崖
作为自己选定身形的方案之一。魔术不常启用
其奥义不在于频繁改变外表，而是要让石头的心
自然地变成任何一种心。任何一种心之间
可以互变，无限地变，又能变回来
此刻，魔术正在进行——屈指可数的微型断崖
斜坡上的革新者之心，即将变成看不见坡度的罗汉心
可在变犹未变的节点上，魔术停止了。哈哈大笑的石头
扭曲的肌肉使之看起来像被腰斩的白蟒
在打滚。但它们没有送命前的剧痛，石化已经让
堪忍的苦刑上升到象征的顶层——而且
草木荣枯，天空无常之外，也许一切
将以此为结局。肉还会发笑，肉的组织内
还会有撕裂，有骨头折断，有冰水钻孔，但都会被
肉缝中响起的音乐淹没。世界的形象就此固定为
圭山的这个小景，人不准进去，在天上
呼应石头的云朵。即使是石头的灵魂，也不会
继续飘动——也许只有身在穷途，我们
才有兴致永无宁日地盯住世界单一的美

圭山石林之三

石头软下来，两棵不同品种的树

靠在一起，合成一座庙宇

（我定居在滇池东岸，半公里外的几座渔村

拆毁多年，不少渔民是我小区的邻居

他们的船反扣在废墟中。他们不爱说话，

黑着脸走路

就像是刚刚从反扣着的船下爬出，来不及寻找

翻船的原因，恐惧还统治着心。我去过几次渔村

废堆从环湖东路绵延至滇池的堤岸，倒塌的建筑构件形成

一座座狰狞的山冈，鸟儿的叫声像波浪一样奔流

但我看不到一只鸟儿。没有拆毁的建筑物

还有四座：佛寺、道观、财神庙和龙王庙

几个场所还有人影出没，财神庙前甚至有

一棵新种的松树。安德烈·塔可夫斯基

有言："我的不朽已然足够。"此处，任何人与物

不敢如此振振有词——在表层堆满倾覆的屋顶

窗户和墙体的土地上，人人都得

扛着一把楼梯行走，或以两根屋梁作为拐杖……）

空地上痕迹犹如刀刻——神秘的几何图案

否定了农耕的可能，更像是坚韧的草茎
按照点、线、面的布局枯死在那儿。死亡形成的
角度、形状和空间，演算之后往往证明死亡的不存在

（一天中午，于废墟中碰到一匹终于
跑回时间内部的马。马的主人对我说
"喂马就像养花。"马用前蹄把肮脏的塑料花刨开
在深埋的砼桩上找到了它的缰绳。孤立深坑
因昂首嘶鸣而浑身战栗。阳光微凉，有古老的腥味
被埋掉的桃树从罅隙间伸出几根枝条来开花
众多花朵新鲜如蜜蜂，是沧桑如乌鸦爪子的枝条
一次性的记忆，不是我猜想的自由的孤儿
在枝头上抗议。抱着婴儿前去阻止文明的暴行
得逞的先例很少，也不是因为婴儿的脆弱与无辜
软化了铁。春风从湖上卷来，制造残渣的旋涡
我的嘴巴、鼻孔、眼睛里有了很多尘土
它们并非来自废墟，而是从我的胸腔向外逃窜
风中的残垣断壁好像一支狂暴马队的雕像
马的主人折下一根桃枝捅着黄铜烟管，含泪数着马匹数量
自己的马，还在深坑里研究怎么才能把脖子
套回缰绳——头颅擦着砼桩，溢血染红了白毛）

石头在动。石头衍生的花豹信徒和顶着花豹皮的
信徒，在动。正如海上的暴风凝固成岛岬
庙宇的形成取材于鸟儿的翅膀和声音

寂静仅限于人们所见的景象。远处的冈丘
以及样子像碉楼的树，它们曾经是一个王朝
辉煌的台阶、祭坛和宫殿，现在也是。但寂静不是
事实，在人们眼中，它们已经恢复树和土的原貌

(黄昏，夕阳用即将消失的金光
给龙王庙前的松树浇水。四周变暗，一根根松针
耷拉着，像变软的金针缠绕在生死未卜的树干上
寂静，把腥味散尽，开始散发松香味
然后带着松树和它的影子突然下沉)

圭山石林之四

景物不是重新发明的风景
绘画也不是一种需要以神之名反复发明的艺术
——如果能将此取之于圭山野地上的小景
印制在天堂公园的门票上，窃以为：它所呈示的
秩序、格局、人类重返源头时所能领受的景象
比多数反对神的观念绘画更贴近天堂的本质
——任何一种观念最终都要沦为荒草，甚至草灰
而小景里的荒草，本来就是荒草，从画布上长出
带着使命，直接就出现在神灵应许的位置
在神赐之物与渎神之物（它们通常也自认是神赐）
之间选择，我站在前者一边
也就是说，在这一点上，我是个顺民
看得见看不见的影子中都有枯草在摇曳

圭山石林之五

坚硬之物公开地逼视、压顶
恐惧症一天比一天严重
隆起的巨石，远在山中，我也因其坚不可摧
把它们当成坚硬之物的同伙。我的劲敌无处不在
我的伙伴却是一面虚构的镜子：只要巨石
进入体内，这面镜子就会请求巨石快一点
把自己砸碎。我没有镜子疯狂
春天来了，我想找到这座山，种植藤蔓
浇水，施肥，让藤蔓严丝合缝地罩住巨石

圭山石林之六

"一炉松火香，半坡白月光。"用毛笔
整个下午我都在写这个突然想起的句子
去世外，能去到这十个字里多好
收笔之前，信手写了首打油诗："如若谢客可安神
手植苍松堵庙门；如若我佛将度我
座前课虎即慧能。"二十八个俗字将我又领回现实
我的心，没有自己设想得那么无垢
杂念降低了穹顶。所幸黄昏的另一面尚有另一个
穹顶，圭山的天幕把一半的高空让给了
黑色树枝。我是一个天空迷，能见的星斗
我都能用撒尼人方言，喊它们，与它们交谈
"你考搭嘎朵哩安?"① 问月亮。月亮的声音
由垂直或倾斜的光传递："敖哈哥嘎朵哩。"②
问太阳："你微啊咪氏安?"③ 太阳回应："敖日啊乃微
  按。"④
太阳的声音像马蹄敲击穹顶。暮色降落旷野

---

  ① 撒尼语：你从哪里来?
  ② 撒尼语：我从家里来。
  ③ 撒尼语：你姓什么?
  ④ 撒尼语：我姓王。

星斗出现，我抬头问："你喃楺河哩按来?"①

答"安易"② 者居多，也有光线微弱者

神秘地回应："伊卓叉额高。"③ 或 "你阿咪始卓?"④

当玉米地的畦垄变暗，尽头上横向的矮山脉

消隐，石林像在躲避晚风一样退后，几棵树

张开的枯枝，很快就变成地壤与高空之间

竖立的黑袍，紧紧地裹住体形单薄的巨人

黑暗中，最为醒目的还是石林，它们身上

南北走向的纹路，与畦垄同一个方向

奇迹般地保持了远距离的平行。仿佛耕耘畦垄时

犁铧深深扎进了它们并均匀地拉扯出深沟

力量、施展力量的技术、方向感和大局观

无不令人惊叹。自然中的超自然，超自然中的自然

如此多的神迹显现于小世界。我为自己的自大

羞愧不已，也因经历的多义、有别表象而自足

——圭山一隅的黄昏，或许是

清晨？星斗的窃窃私语和鸟儿的啼叫

混合为反黑暗的音乐，反对者却不见踪影

---

① 撒尼语：你也来赶集吗？
② 撒尼语：是的。
③ 撒尼语：散散步。
④ 撒尼语：你有什么事吗？

湖畔诗章

一

看见我朝它走去，松鼠
惊慌地钻入了树洞。在树下
我等候了很久，它及它的美短暂地消失
类似归于永恒。松鼠与树
它们都令我羡慕
一个可以瞬间消失在触手可及的
具体物体中。另一个多么完整、坦荡
却有着容纳消失之物的洞孔与内腔
我没有物体供我消失或遁形
身体与思想，除了锐器可以插入
没有外生之物进入的缺口
像一个穿着铁衣服的人
我在湖畔走来走去，其实就是
某个企业在展示金属产品

二

枝条颤抖，几棵秋日之树

枯寂地清点着落叶的数目及去处
去了天空的那些，落日里如失控的小舟
湖岸上那些，如麻雀争食秋风
掉在湖里的那些相对安静
像凸出水面的鱼背。这几棵树
它们的枝条却因此
颤抖得更加剧烈
它们想象不出，自己的枝条上
竟然会落下众多的小舟、麻雀和鱼背
而且分别反对毁灭的可能性
但也有少数的叶片，日落之前
还悬垂在枝条上。枝条即将折断
这些叶片也不去寻找替身
一副决心枯死在其怀抱的样子
却被它们误认为，那是几只
哀伤的乌鸦，正在等待天黑

三

借一棵松树倚背，在距舞蹈队
五米外静坐。老年舞者
皆是悬崖、险峰，疯狂地一阵舞动后
饰品纷纷落尽，本身毕露
挥动的双掌砍得断马骨
踢出去的双脚跺碎过菩萨

红纱巾卷起风暴，沙尘迅速蒙蔽了
我的双眼。我抱松而立
感觉这棵苍松顿时变细了不少
而且一直在变细，最终变成
插在地上的一根斧柄

四

湖心岛上，杂树林自行荣枯
一座红亭子，二十年前我来湖畔居住时
已经存在。年年有人给它
刷上新鲜油漆，翻修亭顶与廊椅
保证它始终以新面孔，闲置于
钟表的内部。在难言辽阔的水域中央
它陷于隔绝，通向它的航线被废除
无人有权前往亭内独坐，赏鸥
唱花灯。亭子恢复为亭子的自身
如一朵不会腐烂的巨菇。如倪云林
残画的一角。其寂静与空无
却是如此地霸道，光天化日之下
也还藏着我们洞悉不了的闲空之秘
有时，看见野鸭子大摇大摆地上岛
扇着双翅人立而行，我就忍不住
在无端的困局中笑出声来

五

水上光乱，气寒。谈起了
一个个只有背影的人
他们一去不回，没有一个将脸庞
公之于众。草鱼跃出水面
没有得到青草，扑通一声入水
白鸥绕船飞了几圈，翅膀上
有刀刃横切过来
冷雾中，我们的面容也不清晰
皮面上渗出了一层薄薄的雪粒
仿佛我们正在给自己制造
一场惨案：死去的自己突然掉过头来
冷酷的目光紧盯着活着的自己

六

听莺桥头的一株曼陀罗
花朵像灯盏，但没人伸手去触摸
过路的人停下来观看
因为它们含有致幻的毒素
我偶尔也会在桥头的石狮子背上坐下
想象有个中毒的人，骑着狮子
在潮水般的人群里闲逛

而且现场无人因此形影慌张

我就此与朋友讨论过

植物对人的友善与仇恨，兼及它们的未来性

如临空山，身在碧溪，朋友

均是几座松下新坟的主人

没有回音应对我的疑问与见证

正如那曼陀罗花落到地上

看见它们飘落的人，转过身

又去看荷花开放。不会有谁协助我

将一朵朵有毒之花移到心的外面

七

观鱼亭观鱼，戏鸥亭戏鸥

每一次，都忍不住

扇自己的耳刮子

水里，空中，舍命夺食者众

无论肉身还是翅膀，都在喻释我

而我已经失去反驳的权利与勇气

我未能让自己获得一份安慰

救赎取代不了耻辱

只能心怀善良，向着水面和空中

抛撒着食物——而更沉重的耻辱也随之

出现在我的面前：诗歌

应该取材于早已突破了宗教的

爱与美，而我仍然沦陷在古老的
罪与罚的迷宫之中

八

湖边疾走者，走在自己的
钢丝上，独木桥上。没有一个
甘心落在我的身后一米
有持杖者艰难而行，我会放慢脚步
替他们找出用杖飞奔的理由
如果我停了下来，他们仍然不能
从我身边掠过，说明他们
在某一刻选择了反向而行
而我也会移步至九曲桥，让他
即便不与人为伍，也可以视我为与他
爱好相近之人。迅捷与缓慢
不是促成我湖边飞行的标准，我不会
成为飞出去就下落不明的箭矢
也不会是朝圣者圆形旅程上
悲观的旁观者。只有湖面上那几只
白鹭鸶清楚，每逢黑夜，我就会前来
寻找它们的藏身之所。那黑色深渊内
灵光一样的白色身影，我一直
没有找到，它们也在避免我找到

九

落花不认为沉潭是一种

刑罚。莲藕被人从水底的污泥中

刨出来，已被黑暗育肥

对一生的禁闭也没有什么抱怨

这一池孤立之水，不知深渊

起于何处，也无视日常危机的轮番

侵扰，但它分明掌握了湖泊

在应对四周俗物顺从与逆反时的

所有技巧。投湖者返身上岸

坐在长椅上痛哭，投湖者一去不回

在湖底下潜心种藕，养鱼

它均能置身局外。唐堤种梧桐

阮堤植垂柳，两堤在湖心形成一个直角

那切割出去的扇形水面，其独立性

得到了雕花石栏的强硬支持

但万物空有其形而无命名之权

它亦从之。孤立中的分裂

形同两个深渊结成盟友

白天，可以得到两颗太阳

黑夜，必将拥有两轮明月

十

身体里有再多的圣灵和妖怪也被
吓跑了。雷电与暴雨刚过，毒日悬空
在湖边假山上晾晒衣服时
我发现自己的身体也被吓跑了
无人的角落，我也归于无
就剩下假山上那一套灰烬一样的灰衣服

十一

空无一物。特指没有人影
其实此时的九龙池里
水面的白云之间，还有两只黑天鹅
朴树在水中倒立，长廊尽头
空亭子的环形木椅上放着一个
吃了一半的绿苹果，果肉上留有
一丝鲜红的牙龈血
水池中央汩汩向外翻动的水波
也总是被人视而不见。那是
池水之源，一股地下碧泉
在黑暗中笔直向上
兴致勃勃地奔赴人世

十二

夕照从水面缓缓退走
月光又从水面静静来到
退走的和来到的，不是换防的队伍
也不具有黄金与白银之间
古老的价差。一切都自然而然
万有之物从未发出过反对者的声音
但它们的确改变了世界
就像白天他们看见了耶稣
晚上他们看见了佛陀

十三

谁在敲钟？它吓了我一跳
到底是谁在中午的水底
或树冠上敲钟？这钟声敲得
实在急促、慌张，令竹林里的人
毫无心理准备，顿感天下大乱
咣，咣，咣，是谁在敲？击钟之力
为何越来越沉重？钟声
为何越来越像铁锤砸在湖边
籍籍无名者的墓碑上？我已经多年
又聋又哑，但这钟声我听见了

而且握住两棵罗汉竹对着竹林外
大骂了一声。是的，我已经不相信
还会有什么利己的事儿发生
在掠夺者和利己者中间肃立的
早就没有闲隐之人，只有会计
和刽子手。而在虚弱的利己者身后
也没有纪念碑作为支持
只有罪人。包括这些罗汉竹和毛竹
其戴罪之身已具有非凡的繁殖能力
哦，高大的楠竹，只要你
仔细地端详，它们天生就是
利己者灵魂里插着的巨笛
天生就是不祥之钟的对立面
我又能怎样？钟声开始变得像酷吏
拍打门扉，间插着咆哮与哀求
谁也说不准，这钟声还想索取什么
还有什么可以掠去。湖水，白鹭
月亮，——听命于它，林间空地上
人们正以它的节奏跳起跺脚舞
但我还是预感以钟声杀人的神话
已经呼之欲出。从竹林中出来
我看见湖面上漂浮着
一条条气若游丝的红尾鲤鱼
它们先于这些竹子，先于我
被中午的钟声喊走了

十四

你没有在黎明的街头闪现
你就不知道，昨天晚上
有多少人露宿街头。昨天晚上的雨水
不小，从昨天黄昏一直下到了
今天黎明。所以，即便那些
露宿街头的人，他们也未必知道
一只灰鹭，昨天晚上
一直站在湖泊中的一根木桩上
木然地望着湖面和灯火熄灭的楼房
它的四周，雨滴像细小的黑石头
落向水面又很快地向上跳跃
看见它的时候，我以为自己隐约地
看见了一个孤绝的守夜者
它是灰色的，沉默的，在水上
接受着冬夜天空冰冷之水的洗礼
而它也同样像守夜者一样：醒着
哀伤着，哭着，但对消失的
和正在来临的一切无能为力

十五

飞离的海鸥又于冬日回返

在狱卒眼里："这就像刑满释放的人

已经回不到另一种命运中

把犯过的罪行又犯一次，两次，三次

再次回到我们中间，他们的双眼闪着泪光……"

他历数着监狱里的好处，首推

"站在高墙的豁口眺望落日"

然后，语气加重，说起了监狱里的

自由："每一个人，分别独坐在

自己的深渊底部……"按照他的视角

我抬头再看湖上的海鸥：它们

每一只都随身带着一座

自己的监狱，滑翔，俯冲，停顿

闪现着服刑者内向的喜悦

十六

灰马将头伸进树丛去寻食草叶

弧线优美的腰身、摇动的尾巴

留在了外面。没被树丛接受

还被它自己也忘记了

因此今天我遇到的马

它不仅没有头颅和鬃毛，而且

我想象出来的所有头颅与鬃毛

都不能与之匹配。它的头颅

它的鬃毛，也被它的腰身和尾巴

彻底忘记了。我想象不出
它昂首嘶啸和奔跑起来的姿态
我拒绝接受这样的一瞬：树丛里的草叶
被啃光了，它退了出来
而且当它退了出来，它将看到
旁边的草坪中央
钢铁焊接的一个巨大鸟笼
里面立着的奔马塑像出自磐石
鸟笼外排着长队，年轻的母亲们
正把孩子高举到马背上

十七

这位穿白汗衫的老人
须发俱白，但还有着强健的体魄
他锻炼身体的方式
非常特殊：每天清晨
像接受了谁的命令，一定要用皮鞭
对一棵古柏施予一千次鞭刑
一边抽打，一边叫好，一边跺脚
他那狠劲，皮鞭抽击古柏的声音
每一次都在我的心脏上留下
一千条鞭痕。我视古柏
如杜甫，如苏轼
这位鞭柏者，不知道

他把古柏当成了什么人物
不知道，他对一棵水边的古柏
为什么怀着如此深重的仇恨
每一次，当他停下，用毛巾
擦着大汗，我都走上前去
试图与他搭讪，他屡屡怒气冲冲
对着我大吼："请你滚开！"
然后，将皮鞭收入一个雕花木箧
斜挎到背后，跳上一辆
老式的载重自行车
隐迹在滚滚众生之间

十八

在湖边，一个人能生活多久
而湖水也一直清澈见底？在湖边
心上有了什么样的宁静才能明白
湖水不是明镜？在湖边
向蛙问鸣叫的意义而蛙以鸣叫作答
你会不会再一次次问蛙？在湖边
残忍的世相颠覆了自然之美
谁能在两者中间建立起
别开生面的普罗秩序？这些疑问
反复折磨过我，我的应答
因为悲观情绪的剧烈波动

而互相矛盾。湖泊肯定具有乐观的
一面，疯狂的乐观，以及乐观
可能带来人性向善的奇观式变化
它们会让所有疑问烟消云散，但也会
掉回一张魔鬼的脸谱，逼视着我
令我对理论上的未来心怀恶意
在湖边，我曾经斜靠在一棵
桉树的躯干上，看着一只受伤的喜鹊
拖着翅膀，小心翼翼地啄食
海鸥吃剩的面包渣
它飞不起来了，受到行人惊扰时
发出来的喜悦的叫声里
有一半是本质，另一半则是
恐惧与求饶的混合体
我想我可以向它施援手，但当我
弯下腰去，双手还没触到它
它竟然奋力地向上，歪斜着身子
飞了起来，越过石栏杆，去到了空中
然后像一面失控的风筝
没飞出去多远，就掉进了湖水里
短时间的挣扎之后，放弃了挣扎

圣多明各日记

一、2019 年 10 月 20 日晨 7：00

圣多明各来自大海的晨光
让一只鸽子也有哥伦布巨大的影子
又亮又空的街道上
迎着光走去的黑人兄弟，光头闪烁
背影高大如中国民间的大黑天神

二、2019 年 10 月 20 日晨 7：45

背后跟着两头巨犬，混血的摩西
在 1523 年用白礁石筑成的教堂下散散步
像夜晚的证人出庭，但证词
使用方言，能够听懂的人却没有到场
一架飞机掠过枝状的十字架
圣玛利亚报喜大主教教堂阴影中
榕树下的黑铁长椅上
老年黑人抱着一张西班牙报纸还在熟睡
不知道他梦见了什么脆弱之物
嘟囔了几声，把让他睁不开眼睛的

光，当成刀子，伸手空抓了一下
然后接着睡觉。广场上的鸽子翅膀
啪啪拍响，另一座教堂的钟声
传来，夹带着宁静的海浪——
辟疆者的骨灰由教堂移至灯塔
理性地看待真理，我们由此
迈出了实质性的一步

三、2019 年 10 月 20 日晨 8：00

雕塑之手指向大海
雕塑之眼凝视天空
反复前往这两个应许之所，人们费尽
人力与神力。"现在"，此刻的
现在与未知的现在，一如旅馆的雕塑之内
住着沉默的、露出一排白牙齿的
没有回来的人。雕塑特指的那个人
——发现者或者大主教
他肯定也在石头内领着一群野鸽子
海内，天外，反复地搜救着自己

四、2019 年 10 月 20 日上午 9：25

街上的女子，健硕，目光有神
臀部靠着"现代牌"出租车

与阳台上的男士聊天

他们说话的时间短暂，用词很少

而用几倍的时间放声大笑

我将此称为"笑声革命"

笑声里窗台上国旗拂动

笑声里凤凰树的叶子散开又收拢

突然出现独立的寂静：因为男士退回了屋子

女子偏过头，去看风中抱着一只猫走过的孩子

街道上的阳光开始泛白

黄金时刻让位于用旧的白银

五、2019 年 10 月 20 日上午 11：00

……荒置的旧教堂，久经海风的磨砺、

咬啮，没有在

蜂巢似的基石上新建神的养老院

使者离开，静穆重新铺陈

芒果树、榕树、榄仁树尝试着学习布道

长出一束红果的棕榈，则欣欣然

探索着在没有老天爷的背景下

如何做一群色彩鲜艳的教徒

中国古代有一个观点，高级的

神仙之国往往只允许存活两种公民

——诗人和僧侣。在这儿

我看见了那么多人，在教堂里是诗人

在街上则是僧侣。他们与我隔着一场

来自加勒比海血腥的暴风

哦，又一个安息日已经过去一半

哥伦布在街边象棋的迷局中

烧毁了按方舟的尺寸制成的帆船

教堂内传出的空寂的水滴声

源于生锈的水管爆裂

并非大海的心跳被囚禁于此

六、2019 年 10 月 20 日下午 4：00

海水包围的陆地最先长出

翅膀。这是鸽子发明的哲学。

瞪大眼睛看着：灰色的鸽子飞入

空房子，不会变为尘灰

坦然地飘出来。但殖民时期

炮制的灰烬肯定需要招聘不少的义工

进行清扫。历史远比美化过的地狱

古怪、沉重、尖锐，品尝过

沉船之灾的老人，九死一生的

海盗，也未必能消化血管里

囤积的炸药，或者毒药。"你们

应该把这儿当成自己的家！"

诗人莫里森在洞穴餐厅

向我们介绍了一种在大海之上

如何"落地生根"的法门——不容错过

爱每一个航程中的孤岛

爱海浪举起的梦境。我想这是否意味着

一个诗人必然会有至少两种以上

你不能推脱的航海者的命运

斗牛场里并不预留旁观者的座席

七、2019 年 10 月 21 日上午 10：00

伊斯帕尼奥拉岛之东，太阳的女儿

诗人萨罗梅·乌雷尼亚

她安息的国家圣殿紧贴着加勒比海的心脏

鸽子之羽从穿顶飘下，不灭之灯的

玻璃灯罩上放满白玫瑰、红玫瑰

被特邀的词语仅限于悼词

激动如忏悔之人，始于并止于礼赞

而我看见：国旗频繁地变换颜色之后

死者已经醒来，她和她的邻居

借一群青年学生的身体

卸下铠甲，换上了海蓝色的 T 恤衫

就站立在我们中间。多米尼加身体上

那众多的伤口，因此而成为星座

——自由之血起源于银河

从我们的头顶垂直地流淌而下

八、2019 年 10 月 22 日晨 7：00

教堂的门紧闭。两丈高的基座上
使徒对着门的方向摊开双臂
叫门。又仿佛在演示之前
他是这样将出门的人拦回室内
或一再地把他们搂进怀中
鸽子飞起、落下，在屋顶
与大门之上的圣像间张着翅膀忙碌
旁边的街道连接旧城与新城，汽车在飞
无人停止。一群黑色鸟
从领空飞过，叫声明净、透彻
微微地透着困倦。难以判断它们
刚从大海来到还是正朝着大海后退
教堂侧门瓷砖上的圣母玛利亚
重器敲毁了脸部，形成的坑洞
等待着消失于此的瓷
再一次返回于此
春天的妄想症，已经遗传给
秋天：榕树的气根在海风里摇曳
向下调整着方向，但只是抵达了
突然出现在树下的
一个红发女人的头顶

九、2019 年 10 月 22 日午 12：00

雨水，不是雨滴，像加勒比海
反扣在圣多明各的屋顶上
旅游马车忙于躲藏，车厢倒入树丛
马和车夫抓住机会测量记忆之海
善变的色素与黏稠度。前来索取
阵亡通知书的人已经变身为鱼
用白帆包裹的灵魂对是否回归故乡
早就丧失了概念。无论是流亡
还是逃亡，乃至与诞生并肩的死亡
当马鬃遮住马眼，当车夫以减法
换算人口，因为约束与反约束而丢掉的
一切，是的，一切，不是某一项
——他们已经难以分类，只能笼统地说
自我亡命的基本人权，他们一直
没有攥住，所以没有记住捅在心上的尖刀
上面有什么花纹和图徽。马低下头
开始在遗忘中翻找干燥的食物，用马蹄铁
不停地践踏着肚皮之下的汪洋
车夫靠着车辕，祈祷盐水不要钻入眼眶
希望海底与天空不要再混合在一块
看到有人招手，有人想顶着海浪
从钟楼下出发前往避雨之所

他们却又迅速地找回了悲观的自我
以接受失去的方式现身于现实
让雨幕、海浪——如幻想中起义的
兵马，固执地紧跟在身后

十、2019 年 10 月 22 日下午 3：00

的确是海风，从街道陡坡的下段
向上吹拂。不能否认，它让
无根之树与无人的房子跑了起来
没人有追上的雄心。别相信汽车有翅膀
也别相信思想具有天生的登高异禀
它们均是海风送来的礼物
——在你因为动作迟缓和蓄意反智之际
让你用它们替代跪爬，纠正乞讨的本性
万物皆有一具空壳，服装店内
悬挂着的不是衣衫而是真实的人
以爱之名，在磐石或软榻上交欢
时间通常也会将其转化为
两张蛇皮扭套而成的一个死结
此刻，凡事都不具体，中国之萧
群僧诵经，鹤鸣，此起彼伏
似有一艘装满大象的巨轮
正在沉没。唯有暴力能够施救
而暴力，暴力之母，分散在

不同的语言之中。圣多明各的海风

吹倒了教堂圆柱，但也集合不了它们，别再

妄谈——"语言代表上帝！"

即使海风把群岛吹上天空

西班牙广场的铁椅上

还会坐满了铁塔一样的黑人

十一、2019 年 10 月 23 日晨 3：00

十二个小时的时差正好反转

我的生活。在云南，此时此刻

我应该在读安妮·普鲁的长篇小说《船讯》

抑或是沃尔科特的诗集《白鹭》

书房是间黑屋子，窗户

被另一栋楼的山墙堵住光源

老花眼镜放大字体，内心平和

纽芬兰岛，大海、巨浪

冰雪、疾风，一块儿涌向

小报记者奎尔，以及他的两个女儿

和年老的姑妈。活命仿佛就是把家

安置在鲨鱼腹，未被消化之前

必须尝试着去爱，去挣扎

而当"天空如同被浸透的帆布

在绝望地航行"，加勒比海变成了

我鼓足勇气绝望面对的死神游泳池

汩渡，缅怀，如一只白鹭
"扭着它的脖子吞咽食物"。但此刻
我躺在圣多明各旅馆的小床上
朗姆酒试图修改失眠的合法性没能如愿
天空的皮肤犹如所有的黑人裸身
航行

到达了天上，而且只留下一只
眼睛在回望——那是弯月亮
它停止于旅馆对面另一座旅馆的
露台。我也首先想到它是一只白鹭
是天使的灵魂，能替换安息者
静立的灵魂。然而，它却不是
我的良伴，像黑色人流中挺立的
一个旧时代的白人女警探
我担心，当我入睡，她会从梦中
把我送到海上去服役：因为我
随身携带着噩梦、哑剧
木偶和黑色天空中火焰的种子
哦，月亮，月亮历史学课程里
加勒比海的弯月亮，傲慢地弯曲着
向黑色天心翘起内陷的弧形锋刃

十二、2019 年 10 月 23 日午 1：00

我滑向了语言的险滩

如摇晃于天空的枯黑芭蕉叶

哑巴的孤独在海啸中闪烁。但我

如此地想直言，直接说出在火焰中参观

眼睛看到的事实：访问者在雇佣自己

进行思考、步行、劳作

之时，他们雇佣了上帝、帆船

和发动机。访问者需要在每一个人身上

发掘出一个救世主，方能安然地

朝下活。他们听从使者

铺设声音的道路，用不着再去创设

个人或公共的神殿——但会计师

用纸币换算得失的统计簿内

他们通用的金币被人们当成了

严密监控的文物或者异器

——生活的超现实风格

有时令肉做的词语也僵硬如船舵

十三、2019 年 10 月 24 日晨 3：00

梦中。有人手握天线

半夜来敲门。告诉你登天的秘诀

鼓励你潜行至梦的外面去猎取象牙

然后走掉。在梦境外面，疑问多于答案

你身处绝境，呼喊他。没有回声

也找不到他的踪影

芒市之夜

一

和一个房间互相成全。它在
空寂许久之后
得到了填充，而我
因为不自由暂时恢复了自由。
博尔赫斯说：塞万提斯和堂吉诃德
是做梦者和梦中人的关系。
不真实的世界，
和真实的世界，
在交替对比中断送了
他们不朽的梦想。
但我和房间都经历了骑士传奇中，
那个不真实世界的
种种奇遇，回不到真实的
日常世界——我和房间，
都像是虚构之物，是不真实的，
很难构成虚实搭配的
命运空间：一个套住一个，
死死地捆绑在一起。它永远指向

传奇中的下一个，而我
不可能重返现在——即使现在
不会很快了结，是驯化了的
不自由的时间被强力拉长。
现在即永恒。
一种价值观发明的永恒。
星星的光持久地照亮玻璃窗，
远处山腰上的金塔，
笼罩在人工的光团之中。
我曾经到过那儿，
——在石碑的背面，小心翼翼地
寻找傣文的汉译文字。
一种文字消失在另一种文字之中，
再次浮现需要博学的
老佛爷反复地帮忙。
他们说：这片土壤，
是荒草和荆棘礼让给
人类的，万事
万物都不可冒犯。
一片片树叶落上金塔，
也会有鸟儿将它们衔往别处。
这等于说，落叶
有落叶的使命，它们的归宿
早就另有安排。这等于说
受造之物——包括我们——

诞生在老虎背上，
生与死的形状与老虎是重叠的。
走廊上，地毯隐去了
送饭者的足迹与足音，
她一边拍门，一边小声地
说："先生，盒饭放在了门边！"
这拍门与说话的声音，
乃是千万声音中，
唯一显现的声音，如同沙丘后面，
母马死去后诞下的小马驹的叫鸣。

二

竹叶的数量风已经数清，
那么多忙于清扫竹叶的人，
把浩大的数量及其脆响，
汇聚在天空一角，
使之变成灰烬中的
一个一。在特殊时刻，
火焰不会被当成常见之物，
——它能照见暗中的面孔，
亦能把月亮烧掉。
可我确实从竹叶的脆响中，
听到了火焰最为凶悍的
普通一面：在烧与毁之间，

不允许时间出入，一瞬
或持续的高温，竹叶都能获得
并失去人的形体。
有声的死寂突破了冥想的上限，
如同蘑菇云一朵接着一朵
盛开在静坐的人堆中。
不是恐吓，是事实，
是飞在空中的孔雀突然
被拔光了羽毛那样的
事实。众犬吠东君。
蚂蚁熬成粥。安葬大象的土地，
稻谷长得有两米多高。
我知道这是黑夜向我敞开了帷幕，
铁柱和喷泉穿上黑豹的皮，
很快就会结伴而来。
反向行走的魔鬼，
代替亡灵嚼食供果的活菩萨，
已经从民间歌谣中起身。
消极的，积极的，
并非人治之下的
不同属性的小东西，
凝滞的瞳孔渐渐活泛，
像孔雀湖里的群星一样明亮，
但又与我们隔着厚厚的一层水。
隔着映照所带来的

真切的幻象。不抵达的美学中
存活着几种等待死亡式的空虚。
退让和迷乱。哪儿还有什么
通宵达旦的欢饮和歌舞,
偷渡者在铁栅栏那边
将化名恢复为真名,
从磐石下找出了
身份证——也许他们
终于测量出了,
内心牢笼墙壁的厚度和高度。
风把新的竹叶吹响,
而我放下内心和世上所有的
活路,紧张地数着
房间墙体内闪光的石头。
它们一颗挨着一颗,就像
稀薄光影中那些被召集在一起的
猫头鹰的瞳孔。不是因为魔法,
而是因为火焰舐着它们。
窗下的小河,
河床在升高时,
用焦土埋掉了琴弦,
流水人一样站立起来在岸上行走。
灵魂的肉身有菩提树的清凉,
摇曳多姿,观看它们
迅速蒸发时的模样,

我疑心有人在用影子完成躲闪。
但不是影子跑出来探险，
或寻找遗失之物。
预判中多次扫过窗玻璃的车灯，
迟迟没有到来，
对限制的恐惧让我觉得，
白昼的颜色可能有很多种。

三

退回到老我中，虽然
所见所思与今日并无
天渊之别，可老我和新我所见的
同一棵树，明显地由粗
变细，铺张的枝叶
收缩到了树干内。
以前和现在我都没有
骑过一匹红马飞渡，
却分明有一匹红马既出现在以前，
也出现在现在，它随身带着马槽
——样子像个摇篮——
寻找能把清泉注入马槽的人。
我不确定是现在还是以前，
用瑞丽江边的甘蔗喂过这匹马，
马齿间飘起的甜蜜气味，

足以用来雕塑一群丰盈的
空气美人。"哈养乃哈滚养乃，
哈滚者无乃斯里乃……"
(傣语：石蚌和青蛙的腿都是花的，
哥哥的腿不花，就不是男子汉……)
刚刚文身的少年唱着歌，
消失在水汽氤氲的鱼骨松丛中。
河岸边的巨石上，
景颇人热旺瓦松康木干则，
领着他的儿孙，
用芭蕉叶制作神鹰。
到诸天寻找"另一种水"，
这使命只有神鹰能够完成。
在那条经过缅寺方才
通往我们的路上，我忘记了
自己真实的身份——心里一直在
嘀咕：是否有必要在手腕上，
文一个黑十字，以防未来的
亡灵不被我所属的族群抛弃在
荒野。恐惧与幸福
组合成哀伤。沉甸甸的哀伤。
有着黄昏品质的服务于灵魂的
哀伤。如同得救的白鹭，
向着落日展开的翅膀。然而，
在那些永属抵达者的途中，

我不想在十个指尖文上

毒蝎——它们会预警——但凡

向我伸来的手、清水和酒，

还没有剧毒和染料。

乐观主义充满了我的胸腔。

有一天，手将成为凶器？

我断然等不到那一天了。

当时我只相信语言，

是凶器家族中的

一个成员，如此苍老，

但杀心很重。

榕树的阴影下，

围墙高于石像，

石像高于花冠，

花冠高于丢在地上的砍刀和水痕。

无影之人刚从生锈的铁门

提着一串香蕉走进来，

额头上残留着

刀舞时碰出的血。

——模拟的出征场面，

我把自己当成他们

一生的敌人但他们的刀，

只会发光和刺落我衣角上的幼蛇。

那个用大象睾丸皮做成的烟盒，

泛着蓝黑色幽光，

让人很难将烟土，

和雄性联系在一块儿。

它就搁在一张小木凳上，

向着四个方向敞开，

身陷其他俗物之中。

没有人会将它当成

已经被堵死的大象的一个泉眼。

地上的砍刀来到手上，

虽然我有杀象之心，但甘愿

在大象肚子下生活，

等它死了，这才用新我，

向你们表演我杀象的刀舞。

四

我已然只能通过想象力在

房间中抓住眼前一闪而逝的

日用品：草药酿制的绿酒，

在滚沸的酸汤中长大的沙鳅，

剁碎后用香味叫鸣的白鹇。

那么多人互相用水

洗礼对方——即使是在菩提树

被当成烧柴之夜——身体的

洁净和内心的洁净

同样重要。我想象那淋在头顶的

水，正顺着悖顽的颈项

往下流，在心脏外的皮肤上

没做过多停顿，

肉做的心与肉做的腿，

有着一样的方向，

隐喻改变不了它们易腐的

真理。把水龙头拧开，

让水滴落在铛锣上。

再用衣衫罩住书桌上的台灯，

让我看不见书中那些

刀剑、饥荒、恶兽

和瘟病。光束的

消失是一种解放，

带血的忿怒无法将我们

还给压扁的自由。你们

不妨想象——当盈江岸上的孔明灯

燃烧着向暗空斜飞，

数量和体积，

远胜于星宿，夜色变为金黄，

放灯人的脸上落满了逃亡者

半明半暗的影魅，花名册中，

我们是否还能找到一个个

忠实于现有身份的梦想家？

寓言的结尾处，

没有升起的太阳，

多于升起后消失的太阳，
它们堆集在人不能靠近的山中，
"像一颗颗圆滚滚的
巨石互相摩擦，把光与火，
收藏在坚硬的外壳之内"。
万物都怀有互相效力的神谕，
但又分别像还没有升起的太阳
那样难以预测。流动
已经成为江河记忆中的遗产，
那流至我腹部的圣水结了冰。
一条火焰烧出来的道路，
没有变更过方向和里程，
这么快就走到了尽头，
而且难以辨识这置身之处，
是日升之所还是日落的渊薮。
是往日还是明日。
黑色的风吹拂窗外的美人蕉，
在沉默中我抽吸着火光
微红的"今日"牌香烟，
它们与我是神秘的联盟，
意在让我得到益处，而我听见
那风像幽灵离开了美人蕉，
此刻正在乌云背后洗月亮。
美人蕉兀自立着，
动过的叶片长剑一样回想着动。

五

我看见自己终于睡到了床上。
右手把多余的枕头扔开，
将柔软的白被褥拉至脖颈，
头放在左手掌上，
闭上了双眼。
房间里所有的灯，
是之前就关掉的。
电视屏幕和它旁边的镜子暗示着
世界另有其岔路，没有
一个尽头具有
唯一性。我不想启用它们，
——倘若有人把我的手指从
电视遥控器上掰开，
试图从电视屏幕中为我开辟
更多的岔路，我宁愿在被褥下
蜷缩成团，像寒鸦
抖落一身雪花之后，
又钻进雪窟窿里取暖。
在雨林中的城市因为寒冷
而不知进退，我只求保全
寒鸦浑身的羽毛和骨头，
一根也不被拔掉，

一根也不被拆断。
这处处都能开出的
道路——意味着
众多的虚空里没有我的落脚点，
现在却要用我去填充。
这不是我理解的
无穷尽的结局。
我一直相信人进入梦境后，
他将什么也没有，就像
童年时的玩伴掉进了金沙江，
从呼救声发出的一刻直到现在，
江水还在，他也肯定还
生活在某条岸上，但他
还没有熬到他可以回来的时辰。
所以看着自己在床上，
从一个梦乡进入
另一个梦乡，间或还
迷糊地哭喊或傻笑，
我以为我暂时不会
回来了——已经被人关在更远的
一个房间，或用铁丝绑在了
地心的钟乳石上。
唯一值得庆幸的是肉体和精神
反复受难，在地砖似的沉默中，
我学会了前往梦境解救自己的

方法：血液的热量升高后，
坐在床边，诧异地瞪着
熟睡中的人，像瞪着去世的亲属。
直到那一场在明亮阳光下
举行的葬礼圆满结束——
梦境里的哀歌，
全部被时间领走。
而我内心绝崖上的天空
突然恢复湛蓝，什么也不再害怕，
什么都能自圆其说。

雷平阳文学年表

1966 年（丙午）农历 7 月 23 日（公历 9 月 7 日），出生于昭通欧家营，出生次日即二十四节气的白露。

1980 年，由土城村完小附设初中班考入昭通沙坝中学。

1983 年，考入昭通师专中文系，后任"野草"文学社社长。

1985 年，7 月，毕业，被分配至盐津县委办工作，创办《山里人》。

1986 年，诗作《悬棺》获《青春丛刊》全国大学生诗歌大奖赛一等奖。第一次到昆明，为写县志，到档案馆查资料，写下许多关于昆明的诗篇。

1988 年，3 月，与冉旗、陶永平、陈衍强等十三人成立"大家"诗社，后改名为"大家"诗群，创办《大家》诗报。到 1990 年初，铅印了三期《大家》诗报。印制诗集《红瀑》。

1989 年，第一次在《诗刊》发表作品《蝴蝶泉》。

1990 年，调昭通市报社工作，参加《诗刊》组织的滇东北诗会。

1991 年，调昆明工作，在云南建工集团工作十二年。在此期间，曾借调云南人民出版社《大家》杂志社。

1996 年，出版散文集《风中的群山》（云南人民出版社)。

2000 年，出版《普洱茶记》（云南民族出版社）。

2003 年，出版散文集《云南黄昏的秩序》（百花文艺出版社）。11 月 19 日至 23 日，在深圳参加《诗刊》社第十九届青春诗会。

2004 年，参加鲁迅文学院第三届中青年作家高级研讨班。4 月，获得第二届华文青年诗人奖。

2005 年，出版散文集《像袋鼠一样奔跑》（云南教育出版社）、《普洱茶记》（修订版）（云南美术出版社）。11 月，《秋风辞》（组诗）获第三届"茅台杯"《人民文学》诗歌奖。《澜沧江在云南兰坪县境内的三十三条支流》在海南尖峰岭诗会引发争论。

2006 年，出版首部个人诗集《雷平阳诗选》（长江文艺出版社）。获《人民文学》《南方论坛》主办的第五届青年作家批评家论坛推选的"2006 年度青年作家"。

2007 年，凭借《雷平阳诗选》获得华语文学传媒大奖年度诗人奖。出版《天上攸乐——普洱茶的八座山和一座城》（青岛出版社）。

2008 年，出版散文集《我的云南血统》（云南大学出版社）。

2009 年，诗集《云南记》由长江文艺出版社出版。《铁匠》获得《小说选刊》主办的首届蒲松龄文学奖（微型小说）。出版散文集《石城猜谜记》（云南人民出版社）。

2010 年，出版散文集《大地有多重》（云南人民出版社）。10 月，《云南记》获得第五届鲁迅文学奖。

2011 年，9 月，被云南师范大学聘为中国现当代文学专业兼职硕士研究生指导教师。10 月，被确定为全国宣传文化系统"四个一批"人才。组诗《村庄，村庄》获得第九届十月文学奖。与雷杰龙、朱宵华合著《古滇王国上的小镇》，由长江文艺出版社推出。

2012 年，《名作欣赏》杂志社推出《雷平阳书札》（别册）。出版《雷平阳散文选集》（百花文艺出版社）。

2014 年，在《钟山》开设专栏"泥丸小记"，持续至2020 年。《诗无邪》（组诗）获得《诗刊》2013 年度诗歌奖。长诗《渡口》获得第一届"人民文学诗歌奖"年度诗人奖。出版诗集《基诺山》（长江文艺出版社）、《雨林叙事》（作家出版社）、《出云南记》（北岳文艺出版社），出版散文集《黄昏记》（安徽教育出版社），与谢有顺、朱零等合著散文集《十二个人的十二版纳》（长江文艺出版社）。

2015 年，出版散文集《在云南》（北岳文艺出版社）、诗集《悬崖上的沉默》（中国青年出版社）、《大江东去帖》（长江文艺出版社）、《山水课：雷平阳集 1996—2014》（作家出版社）。出版诗画集《天上的日子》（中国青年出版社），画家贺奇为书中的 56 首诗创作了 56 幅版画。《普洱茶记》由重庆大学出版社再版。

2016 年，出版散文集《八山记》（重庆大学出版社）、《旧山水》（广西师范大学出版社）、《乌蒙山记》（中国青年出版社），诗集《我住在大海上》（新星出版社）。与谢石相、李发模主编《群峰之上是夏天——云南青年诗人五人集》（长江文艺出版社）。主编《边疆》（云南文学丛书系列）（先后由长江文艺出版社和云南人民出版社出版）。

2017年，"泥丸小记"专栏获得第二届《钟山》文学奖（2015—2016）。获得云南省人民政府"云南省先进工作者"荣誉称号。出版诗手稿集《袈裟与旧纸》（中国青年出版社），诗集《击壤歌》（中国青年出版社）、《送流水》（长江文艺出版社）。与陈先发、李少君、潘维、古马合著《五人诗选》，由华东师范大学出版社出版；与臧棣、张执浩、余怒、陈先发合著《新五人诗选》，由花城出版社出版。

2018年，参与创办《诗收获》（长江文艺出版社），与李少君联合担任主编。在韩国参加东亚文学论坛。12月12日，雷平阳作品研讨会"末端的前沿"在西双版纳举行。主编《双柏县的美学》，由长江文艺出版社出版。

2019年，被多米尼加共和国首都圣多明各市授予"荣誉市民"称号。出版儿童文学作品集《风雪除夕》（湖南少年儿童出版社）。

2020年，出版散文集《宋朝的病》（花山文艺出版社）、《白鹭在冰面上站着》（译林出版社）、《茶神在山上——勐海普洱茶记》（云南人民出版社），诗集《鲜花寺》（北京十月文艺出版社）、《修灯》（长江文艺出版社）、《长啸与短歌》（中国人口出版社）。

2021年，与摄影师许云华合著诗歌摄影集《西双版纳在天边》（长江文艺出版社）。出版散文集《喜茫茫空阔无边》（中国文史出版社）。7月12日—14日，广西和云南的评论家、作家在昭通举办雷平阳的研讨会、旧居寻访等活动。获第十七届十月文学奖诗歌奖、第一届十二背后·十月"美丽中国"生态文学奖年度诗歌奖、第七届（2020—2021）《芳草》诗歌双年十佳。

2022年，与画家陈流合著诗画集《冰块里的钟》（云南人民出版社）。《茶神在山上》在第十届书香昆明·好书评选活动中获"书香十年经典好书"奖，获陆游诗歌奖桂冠诗人奖、谢灵运诗歌（双年）奖杰出诗人奖。

2023年，出版非虚构作品《茶宫殿》（云南人民出版社）。获第十九届十月文学奖散文奖、第二十届百花文学奖散文奖。